君《きみ》は僕《ぼく》の後悔《リグレット》

A story of love and dialogue between a boy and a girl with regrets.

[Author]
しめさば

[Illustration]
しぐれうい

presented by
Shimesaba × Ui shigure

小田島 薫
［おだじま・かおる］
CUP RAMEN

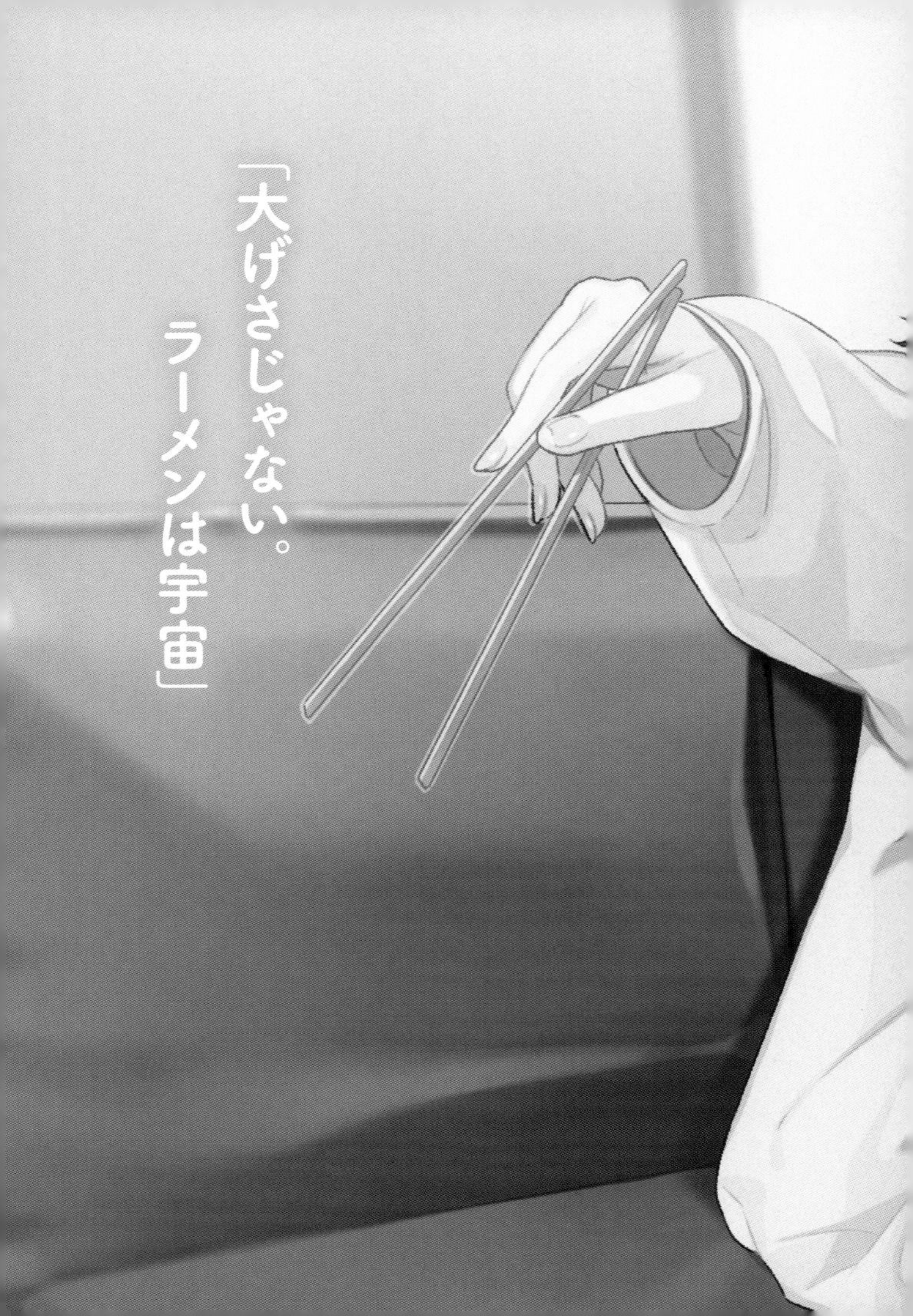
「大げさじゃない。ラーメンは宇宙」

「き、キス……とか、する？」

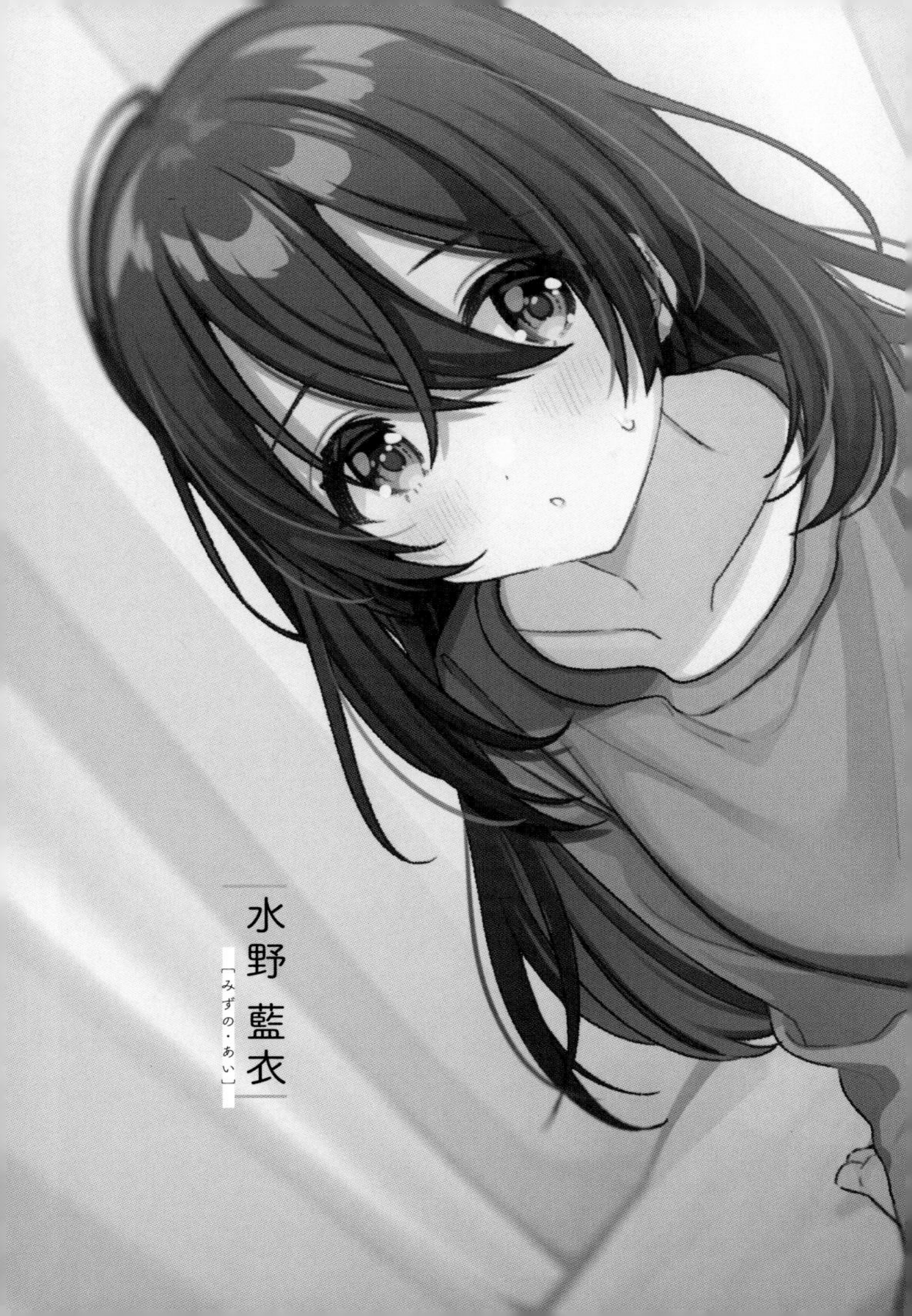
水野 藍衣
［みずの・あい］

『中学時代・ある雨の日』

「これからもずっと……
こういう景色を、結弦と見たいな」

「僕もだよ」

恋だ。
僕は藍衣に恋をしている。
分かっていたけど、激しく自覚した。
僕はどうしたらこの子の隣に
居続けることができるのだろう。

CONTENTS

YOU ARE MY REGRET

A story of love and
dialogue between
a boy and a girl with
regrets.

ダッシュエックス文庫

君は僕の後悔《リグレット》

しめさば

CHARACTERS

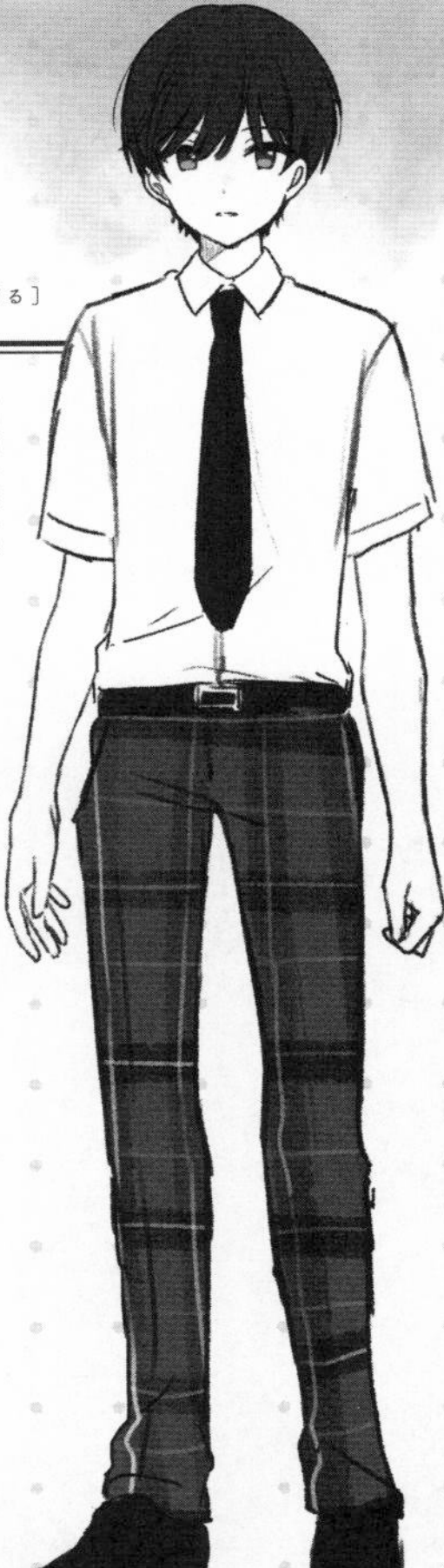

浅田結弦

［あさだ・ゆづる］

高校一年生。
身長１６７センチ。
穏やかな性格で、読書が好き。

水野藍衣

［みずの・あい］

高校一年生。
身長１６５センチ。
天真爛漫で、好奇心旺盛。

安藤　壮亮

〔あんどう・そうすけ〕

高校一年生。
身長173センチ。
サッカー部所属の陽キャ。
顔が良くて友達が多い。

小田島　薫

〔おだじま・かおる〕

高校一年生。
身長155センチ。
気怠げな雰囲気の女の子。
カップ麺が好き。

プロローグ

PROLOGUE

YOU ARE MY REGRET...

A story of love and dialogue between a boy and a girl with regrets.

僕に後悔があるとすれば、それは、彼女のことだ。

中学生の頃、急速に近づいて、そして結局別れてしまった、彼女のこと。

彼女は、口ずさむように、何度も、僕のことを好きだと言った。

僕も彼女のことが好きだったから、彼女の「好き」という言葉の意図を測り切れないまま、不用意にそれを受け入れてしまった。

全部、間違いだった。

彼女は、自由奔放《ほんぽう》な女の子だった。

何にも縛られず、刹那《せつな》的に、自由に生きている女の子。

そんな女の子と一緒にいる覚悟が、僕には致命的に、足りていなかった。

自由に遊びまわる彼女のことを、僕は気づけば、手放していた。

そして、彼女は……とても寂《さび》しい目をして、去っていった。


後悔があるとすれば、水野藍衣《みずのあい》のことだ。

そして、彼女を受け止められなかった……浅田結弦《ぼく》自身の、ことだ。

EP.01

〔1章〕

YOU ARE

A story of love and
dialogue between
a boy and a girl with
regrets.

MY REGRET...

うだるような暑さが続く夏の日。

部室の中は、ボロいエアコンをフル稼働させても蒸し暑くて、じとりと粘っこい汗が薄く肌の上にまとわりついている。

そんな生ぬるい室温の部室のソファに深々と座りながら、小田島薫《おだじまかおる》は、ほかほかと湯気を上げるカップラーメンを啜《すす》っている。

「ラーメンには宇宙が詰まってるんだよ」

ずるる、と、縮れた麺を啜りながら、小田島が言った。

部室の中で宙ぶらりんに響いたその言葉。

ここには僕と小田島しかいないから、きっと、僕に向けて言ったのだろう。

僕は読んでいた文庫本にしおりを挟んで、ぱたりと閉じる。

「急に大げさな話ししてどうしたの」

僕が目を細めると、小田島は箸《はし》をビッ、とこちらへ向けた。

箸の先についていたスープの雫《しずく》が、ぽたりと部室の床に落ちる。後で絶対に掃除させよう。

「大げさじゃない。ラーメンは宇宙」

小田島はきっぱりとそう言って、円筒型のカップの中に箸を入れて、くるくるとかき混ぜた。

「つまり無限ってことね。無限に広がるものの中から、とびっきりの有限を選び取って、一つの器《うつわ》に詰め込んでるんだよ」

「よく分からないけど」

僕は曖昧《あいまい》な相槌《あいづち》を打つ。

宇宙って無限じゃないかもしれないらしいよ、と口を挟もうと思い、やめる。野暮《やぼ》だと思ったからだ。

僕がそんなことを考えている間にも、小田島は箸をくるくるとカップの中で回しながら、どこか愉《たの》しそうに言葉を続ける。

「無限を切り取って一つの完璧な形に作り上げてる。だから、これは宇宙なんだよね」

「ああ、そう……」

着崩したワイシャツの上に、校則で認められていない色のカーディガンを羽織る、ちょっぴりギャル気味ファッションの小田島がそんな哲学的なことを言うさまはどこか浮世離れしていて、僕は静かに鼻を鳴らした。

言いたいことだけ言って、またカップ麺を啜るのに戻った小田島を横目に見て、僕は文庫本を開き、読書を再開しようとした。

そして、ふと、思い立つ。

「じゃあ、これも宇宙？」

僕が手に持った文庫本をふりふりと振ると、小田島は肩をすくめてみせた。

「ユヅがそう思うならそうなんじゃん？」

「なんだそれ、適当だな」

「適当じゃないよ。そういうもんなんだって」

小田島はなんてことないようにそう言って、また、ずるずる、と麺を啜った。

彼女は、麺を啜るのが上手《うま》いな、なんてことを考える。

小田島がカップ麺を食べるのに集中し始めたので、僕も改めて読書に戻った。

読書部。

僕が所属しているこの部活のことだ。

読んで字のごとく、「読書」をする部活なのだけれど、きちんと活動している部員は僕だけだった。

他は幽霊部員ばかりで、ソファでラーメンを啜っている小田島も、その一人。

本来、学校の購買で買ったもの以外を校内で食べるのは校則違反なのだけれど、いくら言ってもやめる気配がないので、諦《あきら》めて黙認している。

当然、学校にはお湯を沸かすための設備もないため、小田島はわざわざ電気ケトルを部室に持ち込んで使用している。

校則違反の隠れ蓑《みの》に使っていると分かっていても、こうして僕以外の部員が顔を出してくれること自体は嬉しかったからだ。

下手《へた》にガミガミ言って、小田島がここに一切来なくなってしまうのも、少し寂《さび》しい。

「あ、そういや」

気づけば、小田島は麺をあらかた食べ終え、大量にスープの残ったカップをテーブルの上に置いていた。そして、思い出したように声を上げる。

「転校生の話、聞いた？」

小田島が口を開くのに合わせて、僕はパタンと本を閉じた。思ったよりも大きな音が鳴ってしまう。

小田島は音に驚いたようにぴくりと肩を跳ねさせて、眉を寄せた。

「ごめん、読書、邪魔した？」

「いや、大丈夫。こっちこそごめん」

そんなつもりはなかったけれど、結果的に威圧的な行動になってしまったな、と反省する。

小田島には「読書の邪魔をするな」、と受け取られてしまったようだった。

僕は文庫本を机の上に置いて、小田島の方を見る。

「転校生。３組だっけ。今朝噂《うわさ》になってた気がする」

「そーそー。こんな時期に入ってくるの珍しいからさ。しかも……」

小田島はそこまで言ってから、ニッ、と片方の口角を不敵に上げてみせた。

「め～っちゃ美人らしい」

「へぇー……」

正直、あまり興味がなかった。けれど、素っ気《そけ》なくならない程度の相槌を打っておく。

「あは、興味なさそ」

「うーん、まあ。別のクラスの転校生と関わる機会もないよね、って」

「美人でも？」

「僕が美人を口説きにいくタイプに見える？」

僕が訊《き》き返すと、小田島はフッ、と鼻を鳴らして肩をすくめた。この場合、何も言わないのは否定の証《あかし》だろう。

小田島の提供した話題は僕にとってはあまりに他人事《ひとごと》すぎて、自然と、また文庫本に触れてしまう。

今、とてもいいところなのだ。話が終わったなら、続きを読みたい。

そんなことを考えていた僕の思考を遮《さえぎ》るように、小田島が言った。

「確か……『みずのあい』って言ったっけ？」

ガタ、とパイプ椅子が音を立てた。

小田島が目を丸くしている。

僕は何かを考えるよりも先に、立ち上がっていた。

「……どした？」

「ああ、いや……」

僕は変な汗をかきながら、ゆっくりとパイプ椅子に座り直す。

「……知り合いの名前と一緒だったから」

僕が言うと、小田島は「へぇ〜！」と人懐《ひとなつ》っこい笑顔を見せた。

「案外その子かもしれないよ？」

小田島がそう言うが、その言葉は頭の中を通り抜けてゆく。

僕は、こんなところで聞くはずもない名前を突然聞かされて、動揺していた。

僕が中学生のころに交際していた女の子の名前も、水野藍衣《みずのあい》と言った。

親の都合で転校していった彼女が、また自分のいる高校に戻ってくるなんて、どんな確率だろう、と考えて。

たまたま同姓同名なだけだ、と思い直す。

正直、今すぐ小田島に「漢字は？　どういう字なの？」と問いただしたい気持ちもあったけれど、そんなふうに必死で質問したら勘のいい小田島には僕と彼女の関係を勘繰《かんぐ》られてしまいかねない。

「ふー……」

身体の中の熱を吐き出すように深く息を吐いて、僕は再び文庫本を開いた。

てこなかった。

そして、混乱した思考を落ち着けようと、文字の海に自《みずか》らを投じる。

……けれど、読んでいる内容は視覚的な情報として脳に伝わるばかりで、あまり頭には入っ
キン、コン、と最終下校時刻を告げる鐘が鳴り、僕は本を閉じた。

ソファでは、小田島がスマホをいじっている。僕が本から視線を上げるのに合わせるように、
彼女も顔を上げた。

「帰る?」

「そりゃ、ね」

最終下校時刻だもの。と暗に言うと、小田島は鼻を鳴らし、スマホをカーディガンのポケッ
トにぽい、と入れた。

ちなみに、スマートフォンを学校内で使うのも、校則違反だ。

たったっ、と軽快に部室の外に出ていく小田島。

僕は窓の施錠をし、カーテンを閉める。そして、小田島の後に続いて部室の外に出た。

部室の鍵穴に鍵を挿《さ》し入れて、かちゃりと回す。

「集中してなかったね」

「なにが」

「読書」

「そう見えた？」

僕が訊き返すと、小田島はにんまりといたずらっぽい笑みを浮かべて頷《うなず》く。

「転校生の話をしてから、ず～っと上《うわ》の空って感じだったよ？」

「そう……」

素っ気なく呟《つぶや》いて、僕は鍵をドアから引き抜く。

引き戸を何度か引いて、しっかり鍵がかかっているのを確認して、僕は息をついた。

実際、転校生の名前を出された時点で、僕は何度も同姓同名の彼女のことを思い出していた。

彼女は、それほどに、僕の心の中に大きな爪痕《つめあと》を残していたから……。

戸締まりを終え、鍵を返しに行こうとすると、小田島が僕の腕を引いた。

「その、みずのあいって子はさ……ユヅのなんだったわけ？」

いつもヘラヘラと摑みどころのない笑顔で、自分の本心を見せないタイプの小田島が、じっ、と僕の瞳を覗《のぞ》き込んでいた。

少し、たじろいでしまう。

彼女がこういう顔をする時に、何か誤魔化すようなことを言っても無駄だということは、小田島と長く関わってきた上で、よく分かっている。

どう言ったものか……と、少しの間考えて。

そして、率直な感想を口にした。

「……僕にも、よく分からない」

僕がそう答えると、小田島はなんとも言えない表情で小首を傾《かし》げた。

「でも……忘れられない相手なのは、間違いない」

僕がそう付け加えるのを聞いて、小田島はくしゃっと笑って、「そっか」と頷いた。

「それなら、転校生がほんとにその子だといいね」

小田島はそう続ける。

「どうして？」

僕がそう訊《たず》ねると、小田島はなんてことないように、ぽつりと言った。

「だって、忘れられないくらい大切なんでしょ」

僕は彼女のその言葉に対して、返す言葉を持たなかった。

何も言わないでいると、小田島はスンと鼻を鳴らしてから、上履《うわば》きをぱたぱたと鳴らして、僕の前に躍《おど》り出た。

「鍵、任せていいよね？」

「もちろん。いつも通り、返しとく」

「ん。よろしく」

小田島は頷いてから、「じゃね」と片手を上げて、昇降口へと歩いていった。

僕はその後ろ姿を見送って、ため息をつく。

『忘れられないくらい大切』、小田島のその言葉を反芻《はんすう》しながら、僕は職員室に向かう階段を上った。

本当にそうだろうか。

僕はきっと、罪悪感に囚《とら》われているだけだ。

彼女に不用意に近づいて、彼女から向けられた好意の意味も測り切れぬまま、結局彼女から離れてしまった。

それによって彼女を傷つけたのかも、そうでないのかも……それすら、僕には分からずじまいだったのだ。

「失礼します」

職員室の奥にある鍵を管理するボックスに部室の鍵を返し、名簿に名前を書き……僕はいつものルーチンを終えて、昇降口へ向かった。

薄暗い昇降口で、上履きから外靴へと履き替える。

外からは、運動部の生徒たちが片づけを始めるがやがやとした声が聞こえていた。

この時間帯の学校は好きだった。

『今日』という小さな単位が終わって、皆が家路《いえじ》へ向かう。その過程で、おのずと、足は『明日』に向いている。

止めることのできない時間の中で、この寂寥感《せきりょうかん》と安心感を胸に、日常を刻んでゆく。言語化するとどうでもいい、けれど、言葉にしなければ無意識に流れていってしまう、こんな時間が好きだ。

そして、何か劇的な出来事が起こるのも、たいてい、こんな時間帯なんだ。

普段なら気にしない、グラウンドの方に、ふと、視線をやった。

そこには、異様な光景があった。

グラウンドの真ん中に、大の字で寝転んでいる女子生徒がいた。

それも、制服姿で。

部活を終え片づけを始めている運動部の生徒たちから奇異の視線を向けられながら、そんなことを気にする様子もなく校庭に寝転がっている女の子に、見覚えがあった。

どくり、と心臓が跳ねる。

導かれるように、僕はゆっくりと、グラウンドへと近づいていった。

「なに、してるの？」

僕が、グラウンドで寝転がっている〝少女〟に声をかけると、彼女は空を見上げたまま、答えた。

「空を見てるの」

「どうして、そんなところで」

「今日から毎日過ごすことになる学校の、一番真ん中で見える空ってどんな感じなのかなって思ってさぁ」

「立ったまま見ればいいでしょ」

「グラウンドに寝っ転がったら、この学校と仲良くなれるかもしれないじゃん？」

その姿も、声も、そして発言も……すべて、僕の記憶の中にある一人の人物と、一致していた。

温度の高い息が、漏《も》れる。

僕は、全身に汗をかきながら、彼女の名前を呼んだ。

「もう下校時刻だよ……水野」

僕がそう言うと、空を見上げたままだった少女がバッと顔を上げて、僕の顔を見た。

その目が、ゆっくりと、見開かれる。

「……結弦《ゆづる》？」

「……うん。久しぶり、水野」

僕がぎこちない笑顔を作って答えると、彼女は微妙な表情で呟く。

「水野……」

僕の、彼女への呼び方に一瞬疑問を覚えるように視線を泳がせたものの、彼女はすぐにすっくと立ち上がって、スカートのお尻をぱんぱんと叩いた。

そして、僕に駆け寄ってきて、両手を掴む。体温の高い、よく知っている手だった。

「久しぶり！　また会えるなんて思ってなかった、結弦！」

「……僕もだよ」

目をキラキラと輝かせる『水野藍衣』を見て、僕は、どういう顔をしていいか分からないまま、曖昧に微笑んだ。


こうして、水野藍衣は、再び僕の前に現れた。

何度も頭の中に面影がよぎった彼女が、実体を持って、僕の目の前に立っている。

そんな現実に、僕は眩暈《めまい》がするような思いだった。

夕暮れに息づく『日常』が好きだ。

けれど、今日の夕暮れは、とびきりの『非日常』を、僕に運んできたのだった。

〔2章〕

EP.02

YOU ARE MY REGRET...

A story of love and
dialogue between
a boy and a girl with
regrets.

「私、君のことが好きだと思う」

「……えっ？」

中学生の頃、僕が藍衣《あい》に告白されたのは、本当に突然のことだった。

僕は目を白黒させながら、訊《たず》ねる。

「そ、それは……男女の付き合い、的な、意味の……好き？」

藍衣はほんのりと顔を赤くして、頷《うなず》いた。その動きに合わせて、彼女のさらさらの黒髪が、揺れる。

「うん……これからも一緒にいてほしいなって、そう思う……」

「そう、なんだ……」

早鐘を打つように高鳴る僕の心臓。

蝶のように自由に遊びまわる藍衣を見ていて、僕も同じように彼女に惹《ひ》かれていた。

カラカラに水分を失った喉《のど》から声を絞り出して、答える。

「じゃあ……付き合う？」

僕がそう言った時の、花の咲いたような藍衣の笑顔が。

「うん！　これからもよろしく、結弦《ゆづる》！」

僕はいまだに、忘れられないのだ。


「父親の仕事の都合で、中学の時に関西に転校したんだけど……またこっちに戻ってきたんだよ」

「そうなんだ」

「で、家から一番近い高校がここだったから編入したんだけど、まさか結弦がいるなんて思ってなかったな」

「うん……そうだね」

楽しそうに僕の隣を歩きながら話す藍衣。

僕はといえば、相変わらずどんな顔をしてその話を聞けばよいのか分からずに、曖昧《あいまい》な相槌《あいづち》を打ち続けている。

久々に会った藍衣は、少しだけ雰囲気が変わったものの、その話し方や表情が会話に合わせてころころと変わるところはまったく変わっていなかった。

ふとお喋《しゃべ》りをやめて、藍衣が僕の横顔を覗《のぞ》き込む。

「どうしたの……？　もしかして私に会いたくなかった？」

不安げに揺れる瞳、それを横目に見て、僕は慌《あわ》てて目を逸らす。

「いや、別に、そういうわけじゃ……」

そう答えながらも、内心では、もしかしたら、会いたくなかったかもしれない。なんてことを考えていた。

自分の引きずる過去が、急に目の前に現れることは、困惑《こんわく》と恐怖を同時に運んできた。

自分が〝振って〟しまった相手と、そして、それを気にもしていない様子で楽しげに話す彼女に、僕はなんと言葉を返してよいのか分からない。

「水野《みずの》は……」

僕がようやく口を開くと、藍衣はむっとした様子で僕の口に人差し指を押しつける。ドキリとした。

こんなふうに距離感が近すぎるところも、変わっていない。

「そのよそよそしい呼び方やめてよ。前みたいに下の名前で呼んで」

「でも……」

「ちょっと時間が経《た》ったくらいで、そんなに気にすることないでしょ」

僕に二の句を継がせぬ速度で、藍衣がそう付け足すが、僕にとってはそんなにシンプルな話ではなかった。

藍衣は「ちょっと時間が経ったくらいで」と言ったけれど、僕と藍衣の間には、時間の経過だけではない関係性の変化があった。あったはずなのだ。

しかし、やはり藍衣はそんな様子は少したりとも見せてこない。

気にしているのは自分だけなのか？

押し問答をしていてもキリがないので、僕は一旦妥協《だきょう》することにして、頷く。

「分かったよ……藍衣」

「へへ、なぁに？」

くすぐったそうに笑う藍衣。

僕は小さく息をついて、ずっと気にかかっていたことを、質問してみることにした。

「君は、気にしてないの？」

「何を？」

藍衣は小首を傾《かし》げて、小鳥のように丸い瞳を僕に向けてくる。

「その……だから……」

僕は口ごもりながら、続けた。

「僕が……君のことを……振ってしまった、こと？」

この期《ご》に及んで、語尾を上げたりして、できるだけマイルドに伝えようとする自分の姑息《こそく》さに、嫌気が差した。

僕の言葉を聞いて、藍衣は目をまんまるに見開いた。

そして、あっけらかんとした様子で、頷く。

「うん、気にしてないよ！　だって、しょうがなかったじゃん？」

その答えに、僕は愕然《がくぜん》とした。

気にしていたのは、自分だけ。

ずしん、と心臓が身体の中で物理的に下降するような感覚に襲われる。

心の中につかえていた大きな、大きな、過去の傷。

僕は、心のどこかで、藍衣もこのことを気にしていてほしい、と思っていたのかもしれない。

そんな自分の幼稚さが、嫌になる。

「そっか……なら、よかった」

何が、よかった、だ、と思いながらも。

僕はそう言って、微笑んでみせる。何を笑ってるんだ、と胸中で舌を鳴らす。

「結弦、それが気になってて、よそよそしかったの？」

「まあ……そうだね、うん」

「そっか。じゃあ……ごめんね」

唐突に藍衣が謝るので、僕は狼狽《ろうばい》した。

「な、なんで藍衣が謝るの」

「だって……私が、結弦と別れてすぐに引っ越しちゃったから」

「それは、親の都合でしょ？」

「うん……でも、一言くらい話しておけばよかったかな、って……思ったから」

藍衣はそこで初めて、少しだけ切なげに表情を歪《ゆが》めた。

そう、僕と藍衣が別れてすぐに、彼女は唐突に転校してしまった。

別れを告げた日から、一度も話すことなく、藍衣は僕の前から姿を消したのだ。

連絡先は交換していたものの……どんな言葉をかけたらよいのか分からずにいるうちに、ついには、お互いにメッセージをやり取りすることもなかった。

親の都合での転校、と教師からは聞いていたが、それでも、僕の中にはしこりが残った。

でも、藍衣がいなくなって、安心していたところも、少なからずあったのだ。

つくづく、あの頃の自分には……いや、今の自分にも、呆《あき》れてしまう。

「ごめんね……私に勇気がなかったせいで……」

「え？」

ぽつりと呟《つぶや》かれた藍衣のその言葉に、僕が驚いて彼女の方を見ると、完全に切り替えたように藍衣はにこりと笑っていた。

「とにかく！　また会えてよかった！」

「あ、ああ……」

「よかったらこれからも仲良くしてね！」

藍衣はそう言って、可憐《かれん》に微笑み、走って校門へ向かった。

その後ろ姿さえも、僕の記憶の中にある藍衣の姿と綺麗に重なって、僕はさらに切ない気持ちになるのだった。

あっという間に彼女の後ろ姿は見えなくなって、僕はその場に立ち尽くした。

「これからも仲良くしてね……か」

呟いて、僕もゆっくりと、重い足取りで校門へと歩きだす。

「仲良くして……どうしろっていうんだろう」

もはや、また恋人に戻ることなど、ないはずだ。

では、また友達に戻るのか？　そんなことができるのだろうか。この心の傷を、引きずりながら……。

そんなことを考えて、また、自分の女々《めめ》しさに、呆れた。

ほとんど沈んでしまった夕日を横目に見て、僕は憂鬱《ゆううつ》な思いを吐き出すように、深く、長い息を吐く。

EP.03

3章

YOU ARE

A story of love and
dialogue between
a boy and a girl with
regrets.

MY REGRET...

「ねえ、結弦《ゆづる》。もうすぐ雨が降るね」

中学生の頃……ある日の放課後。

隣を歩く藍衣《あい》が突然そう言ったのを聞いて、僕は数度まばたきをしてから、首を傾《かし》げた。

「今日はずっと曇りって予報じゃなかったっけ」

言いながら、僕は自然とスクールバッグを触っていた。その中に入っている折り畳み傘のことを考えている。母さんから、「一応持っときな！」と渡されていたのだ。

「天気予報？　そうなんだ？　見てないから知らないや」

藍衣は、きょとんとした表情で僕を見てから、空を見上げた。それから、鼻をすんすん、と鳴らす。

「さっきから、雨のにおいが、するからさ」

そう言って、目を瞑《つぶ》る藍衣。

僕はその横顔に、見惚《みと》れていた。

目を瞑ったまま、藍衣はすー……と、深く息を吸い込んだ。そしてハッ、と吐き出してから。

閉じていた目を開いて、僕の方を見る。くりくりとした瞳が突然こちらに向いて、僕は慌《あわ》てて目を逸《そ》らす。

「ね、結弦も嗅《か》いでみて？　雨のにおい」

「あ、雨のにおいって……？」

「嗅げば分かるって。ほら、目瞑ってさ、鼻からゆっくり息を吸って……」

藍衣に促《うなが》されて、僕は目を瞑る。

視界が暗くなり、先ほどまで頭上を覆《おお》っていたどんよりとした分厚い雲がすっかり見えなくなった。

「すー……」

藍衣が、ヨガのトレーナーのように、隣で深呼吸を促してくる。僕は、言われるがままに、鼻からゆっくりと息を吸った。

湿った、空気だった。

驚いたことに、目を瞑ると嗅覚《きゆうかく》が研ぎ澄まされるのか、さっきまで感じていなかったにおいを感じる。

土と、植物のような……ちょっとだけ角のある、けれど、まろやかな香り。

梅雨《つゆ》の時季に、突然雨が降った時のような……そんな香り。

こうして意識してみなければ、気づきもしない、独特なにおい。

「……これが、雨のにおい？」

目を開いて、僕が訊《き》くと、藍衣は嬉しそうに、うんうん、と首を縦《たて》に振った。

「面白いよね。世界にはさ、私たちにはとうてい理解できないような仕組みがあって、リズムがあって……そのはしっこの方が、こうやってにおいとかになって、私たちに届くの」

「仕組み……リズム……」

僕は、彼女から発せられた、あまりピンとこない言葉を、聞いたままにオウム返しした。

藍衣はキラキラと輝く瞳で、空を見上げる。

「いろんなにおいがあって、楽しい。四季のにおい……雨のにおい……お日様のにおい……」

藍衣はそう言って、もう一度目を瞑る。

そして、彼女がすー……と、再び鼻から息を吸うのと同時に。

ぽつり、と。

藍衣の顔に、一粒の雫《しずく》が垂れた。

「あ」

藍衣は驚いたように目を開けて、僕の方をバッと振り向く。

ぽた、ぽた、と、空から雨粒が落ち始める。

「あははっ！」

藍衣は無邪気に笑って、その場でスキップするように、足踏みをしてみせた。

「ほらね！　雨！」

けらけらと笑って、両手を広げる藍衣。

瞬《また》く間《ま》に、雨脚は強くなり、辺りは土砂降りになった。

僕は慌ててスクールバッグを開ける。持たされていてよかった……と思いながら、折り畳み傘を開いた。

「あ、藍衣！　濡れるって！」

依然《いぜん》として両手を広げてはしゃいでいる藍衣に僕が声をかけると、彼女はにこにことしたまま、首を横に振る。

「傘持ってなーい！」

「僕のあるから！　ほら、入って」

僕が折り畳み傘を差し出すのを見て、藍衣は再び、無邪気に笑った。

「こんな小っちゃい傘に二人で入ったら、結局二人とも濡れちゃうよ？」

「いいよ、全身ずぶ濡れになるよりはいいでしょ」

「ねえ、どっかで雨宿りしていこうよ。急いで帰るなんてもったいないじゃん！」

藍衣はとにかく楽しそうに、笑っている。

僕の制止も聞かずに、先を歩いていく藍衣を、僕は急いで追いかけた。

「結弦！　早く～！」

こちらを振り向いて、無邪気な微笑みをたたえながら、手を差し伸べてくる藍衣。

僕は頷《うなず》いて、一人だけ傘をさすのも馬鹿らしくなって、折り畳み傘をバッグにしまい、彼女を追う。

藍衣は、いつだって……僕とは違う世界に生きていた。

何ものにも縛られず、自由で……そうであるからこそ、学校では「変人」などと囁《ささや》かれていた藍衣。でも、僕は、その「何ものにも縛られず、自由であること」こそが、彼女の美しさだと思った。

藍衣は、世界のなにもかもを真正面から受け止めて、その一つ一つに新鮮な言葉を与えていく。その一端を受け取って、僕の世界も輝いていくような気がしていた。

同じ地面に立っているはずなのに、僕と彼女の見ているものは、まるで違う。

僕の目には、そんな彼女がとても眩《まぶ》しく映って……いつも、少しだけ、目を細めてしまうのだ。

嘘みたいに美しくて、僕よりずっと繊細に世界を見つめている藍衣。

いつか、彼女の隣で……彼女の感じる世界を、自分も体感したいと思っていた。

同じものを見て……同じように笑いたかった。

でも、藍衣の輝きは、近づこうとするたびに僕から離れていって……彼女を追いかけるのに必死だった。

そしていつしか、僕は……彼女を追いかける足すら……止めてしまったんだ。

×　×　×

「へぇ、やっぱ同一人物だったんだ。運命じゃん」

授業前の教室。

スマホの画面をぽちぽちとタッチしながら、小田島《おだじま》がそう言った。

他人事《ひとごと》のように呟《つぶや》かれたその『運命』という言葉に、僕は思わず顔をしかめてしまう。

「そんなロマンチックなもんじゃないって」

僕がため息交じりにそう答えると、小田島は僕の顔を数秒見つめた後に、失笑した。

「顔なじみの美少女と再会して、そんなこの世の終わりみたいな顔するヤツいるんだね」

「そんな大げさな表情してない。というか校内でスマホ禁止」

「みんな使ってる」

「そんなに堂々と使ってるひとはいないよ」

「使ってたら一緒〜」

小田島は面倒くさそうに言い放ってから、スマホをスクールバッグの中に放り込んだ。

そして、上目遣《うわめづか》い気味に僕を見る。

「で、ユヅ、どうすんの？」

「どうするって何が」

「そりゃ、その転校生美少女と、だよ。よりを戻すわけ？」

「なな、なんだよ、よりを戻すって」

小田島の言葉に、僕は分かりやすく狼狽《ろうばい》してしまう。

彼女はにや、と口角を上げて、僕を指で差した。

「カマかけただけなのに。やっぱ付き合ってたんだ」

「……」

僕が口を引き結んで明らかにムッとした表情をすると、小田島はぱちくりとまばたきをしてから、「あ～」と声を漏《も》らす。

「悪かったって。怒んないでよ」

「怒ってない」

「別に茶化す気で言ったわけじゃないんだってば」

小田島はそう前置きをしてから、机の上に身を乗り出して、小さな声で言う。

「ユヅが本気なんだったら、その……いろいろ、手伝ったりとかもできるし」

「いいよ、そういうのは……」

僕は思い切り顔をしかめながら首を横に振る。

「そういうんじゃない」

「それが『そういうんじゃない』顔かね……」

唇を尖《とが》らせて、小さな声で小田島が吐き捨てる。

僕は苛《いら》ついて舌打ちしそうになるのをこらえて、言い返す。

「さっきからなんなんだ……よ……」

小田島に文句を言おうと開けた口が、そのままぽかりと開いたままになる。

小田島は僕のそんな様子に片眉を上げてから、僕の視線の先を追うように振り向いた。

「あ」

小田島の後ろで、ニコニコと笑みを浮かべて立っていたのは、ちょうど話題に上がっていた水野《みずの》藍衣その人だったのだ。

小田島はぎょっとしたように肩を跳ねさせる。

「おはよ、結弦。それと……えっと?」

藍衣は僕に微笑みかけてから、後ろの席の小田島の方へ視線をやった。

「小田島薫《かおる》。よろしく」

「小田島さん！　水野藍衣です！　よろしくね」

少しばかり緊張した声色で自己紹介した小田島。藍衣は屈託なく微笑んで自己紹介を返す。

そして、僕と小田島の間で視線を行ったり来たりさせてから、首を傾げた。

「二人は仲良しなの？」

「まあ、うん……仲良し……なのかな？　部活同じだし」

返事をしながら小田島の方を盗み見る。

勝手に「仲良し」などと答えてしまって、小田島が嫌がらないだろうかと思ったが、彼女は別段気にした様子はなく、自分の髪の毛先を指でいじくっている。

藍衣は目を輝かせて身を乗り出した。

「部活！　結弦、部活してるんだ。何部？」

「……読書部」

「へぇー！　昔から本読むの好きだったもんね！」

藍衣が『昔から』と言ったのを聞いた小田島は、ちらりと僕の方へ視線を寄越《よこ》した。僕が視線を返すと、すぐにふい、と逸らされる。

「……で、何しに来たんだよ」

突然やってきてとりとめのない会話を続ける藍衣に、僕は焦《じ》れたように言った。

近くの席のクラスメイトたちから、注目を受けているのを肌で感じていた。正直、居心地が悪い。

「何しにって……」

藍衣はなんてことない様子で、言う。

「廊下歩いてたら結弦が見えたから、声かけに来ただけ」

「……それだけ？」

「うん、それだけ！　それじゃ、自分の教室行くね。またね！」

藍衣は無邪気に微笑んで、僕と小田島に手を振ってから、小走りで教室を出ていった。

周りのクラスメイトたちが、ひそひそと会話を始める。

僕と小田島は、藍衣の出ていった方を数秒、無言で見つめていた。

小田島はおもむろに僕の方へ向き直って、言う。

「あんたら、なんで別れたの？　あの子、めっちゃユヅのこと好きじゃん」

「……」

僕は黙って、自分の机へ向き直って、一限目の教材の準備をし始める。

「ねえってば」

つんつんと後ろの席の小田島に肩をつつかれるが、無視した。

タイミングよく予鈴が鳴る。

……前も、こうだった。

藍衣は、人懐《ひとなつ》っこくて、僕を見つけると手を振ったり、話しかけに来たり……親に懐く子犬のようだった。

けれど、彼女は同時に、猫のようでもあって……。

何かに夢中になった彼女は、僕のことなどお構いなしだった。

その時やりたいことを、やりたいようにやる。

彼女が僕に絡《から》むのもそれの一環でしかなくて……彼女の気分に左右される毎日。

僕を好きだと言う藍衣の言葉を信じて付き合いだしたけれど、その割には僕のことよりも「自分のやりたいこと」を優先する藍衣に、だんだんとついてゆけなくなった。

藍衣の中には、確かに僕に対する好意はあったのかもしれない。いや、確かにあったんだとは思う。

ただ、僕には、それを強く〝実感〟する機会がなかった。

それだけのことだった。

「……ユヅ、怒った？」

ふと、後ろから、しおらしい声が聞こえてきて、僕はため息をつく。

正直、藍衣のことを根掘り葉掘り訊かれるのはうんざりする気持ちだけれど、小田島にも悪気がないことは分かっている。

僕は振り返って、首を横に振った。

「怒ってない」

「……ほんとに？」

「うん」

「ごめん、いろいろ一気に訊きすぎた」

小田島はきまりが悪そうに、僕に軽く頭を下げてみせた。

「いや、いいよ。僕もごめん」

さすがに僕も、無視したりしたのは感じが悪すぎたと思った。

僕が謝り返すと、小田島は安心したように息をついてから、ぽつりと言う。

「まあ、なんだ……話したくなったら聞くよ」

小田島のその言葉には、彼女の優しさが含まれているような気がして、僕も笑って、頷く。

「うん。ありがとう」

そんな会話が終わるのとほぼ同時に、授業開始のチャイムが鳴り、国語教師であり、このクラスの担任教師でもある小笠原平和《おがさわらひらかず》が教室に入ってきた。

「号令～」

やる気のない声で平和が言うと、クラス委員長が『起立、礼』の号令をかける。

一限目の弛緩《しかん》した空気感で、だらけた挨拶《あいさつ》をする生徒たちに注意することもなく、平和は持ってきた教科書を教卓の上にぞんざいに置いた。

「なんか雑談でもしてから始めようと思ったが～……なんも思いつかねぇから、さっそく前回の続きからな」

平和のそんな締まりのない授業開始に、クラス一同がブーイングする。しかし、平和はどこ吹く風だ。

汚い字で板書を始める平和を、僕はぼーっと見ている。

頭の中に、再び、藍衣が出現した。

「えー……前回はクロステルの教会でめそめそ泣いてたエリスと豊太郎《とよたろう》が出会うところで終わったわけだが、この時――」

数年経《た》っても、何も変わった様子のない藍衣。

無邪気で、無垢《むく》で、何を考えているか分からない彼女。

しかし、何も変わっていないのは自分も一緒ではないか、と、思った。

「エリスが泣いていたわけが気になるよなぁ。まあ俺は気にならんけどな。お前らは気にしろ。その方が面白いだろ」

自分の思っていることを言葉にできず、行動にも移せず、そのくせ相手には「もっと分かりやすく示してくれ」とわがままを押しつける。

そんな幼稚な振る舞いを続けているんじゃないのか。

自分は再び現れた藍衣のことをどう思っているのか。相手にどうあってほしくて、自分はどうしたいと思っているのか……。

自分のことすら分からないで、今後のことなど考えられるはずもなかった。

「――田《だ》。……浅田《あさだ》！」

上がる。

「はいッ!?」

考え事に集中しすぎて、平和から当てられていることに気がつかなかった。僕は慌てて立ち上がる。

その様子を見て、クラスの皆はくすくすと笑った。

「156ページの3行目から、音読。ぼーっとすんな」

「はい、すみません……」

僕は顔が赤くなるのを感じながら、ペラペラと教科書をめくって、該当《がいとう》のページを開く。

「わが臆病なる心は、憐憫《れんびん》の情に打ち勝たれて、余は覚えず側《そば》に倚《よ》り、「何故に泣き玉ふか。ところに繋累《けいるゐ》なき外人《よそびと》は、却《かへ》りて力を借し易《やす》きこともあらん。」といひ掛けたるが――」

音読を始めると、不思議と心が落ち着いた。やはり文字の流れというのは、淡々としていて、心地がよい。

とりあえず、一旦藍衣のことは忘れて、目の前の生活に集中しないとな……と、思い直す。

放課後、いつものように読書部の部室へと足を運ぶ。

普段は、気が向いた時にふらっとやってきてふらっと帰ってゆく小田島が、今日は珍しく僕と一緒に部室へと向かっていた。

「昨日も部室にいたのに、今日も来るなんて珍しいね」

部室のドアを開けると真っ先にソファにダイブする小田島に、僕がそう言うと、彼女はムッと唇を尖らせて、「別にいいじゃん」と言った。

「帰ってもやることないし、ここで暇潰《ひまつぶ》してく」

「そんなこと言っても、スマホいじってるなら家でも変わらなくない？」

「いーの！　細かいこと言ってないで本読めば」

小田島は投げやりに言い放って、話は済んだとばかりにスマホの画面をタップしだす。

それを横目に見て、僕もスクールバッグから文庫本を取り出して、開いた。

小さいころから、読書が好きだった。

文字を追うと、物語や、自分の知らない知識への扉が開く。

文字を追い始めると、他の何にも邪魔されることなく、美しい文脈の上を漂っていられた。

それがとても心地よくて、大好きなのだ。

そう考えると。

僕は昔から「不確かなこと」が苦手だったのではないか、と思う。

本の中には、嘘がない。

読み手を騙《だま》すようなトリックの仕組まれたミステリーであっても、そこには誠実な『事実』だけがあって、それが、見えにくいように巧妙に隠されているだけだった。

物語の中の登場人物が嘘をつくことはあっても、物語そのものが読者に対して嘘をつくことはない。

ときどき、学術書に記されていることがのちのち「間違いであった」と判明することもある。けれど、それもたいていの場合は、著者が読者を騙そうとしてその「間違い」を記したわけではないことの方が多い。

そして、情報の真偽《しんぎ》を確かめる努力をしなければならないのは、読者だって、同じだ。

つまるところ、『読書の旅』の最中では、僕はただただ、文字の流れに身をゆだねればよかった。

そんな『確かなコミュニケーション』が好きな僕にとって、人付き合いというのは、とても難しい。

人の気持ちや、言うことなんてものは常に変化するものだし、人間の奥深くにあるそれを、正確に理解することは容易でない。

特に……藍衣のような、自由奔放な性格の女の子なら、なおさらだ。

僕は、『確かなもの』が好きでありながら、『不確か』を形にしたような女性に惹《ひ》かれてしまったのだ。

どうしてそんなことになってしまったんだろう……。

気づけば僕の視線は文庫本の文字の表面を上滑りして、内容を読んでいなかった。

ため息をつく。

昨日から、僕の頭は藍衣でいっぱいだった。

僕が文庫本を机の上に置いたのとほぼ同時に。

ガラ！　と大きな音を立てて、部室の扉が開いた。

「ここが読書部ですか！」

目を丸くする僕と小田島。扉を開けて、息を切らせながらそこに立っていたのは、藍衣だった。

「……そ、そうだけど」

僕が頷くと、藍衣は嬉しそうににっこりと笑って。

「見学、いいですか！」

元気よく、そう言った。

僕は思わず、ソファに座る小田島の方を見てしまう。

小田島は肩をすくめてから、「部長のユヅに任せるけど」と言った。丸投げされてしまった……。

僕はため息ひとつ、藍衣の方へ向き直る。

「見学っていっても……何も見るものなんてないよ」

僕はそう言ったけれど、藍衣は首をぶんぶんと勢いよく横に振った。

「読書してるんじゃないの？」

「まあ、そうだけど……読書してるところなんて見ても……」

「それが見たくて来たんだよ！　私、端っこに座ってるから気にせず読書してもらって」

藍衣はずんずんと部室に入ってきて、小田島の座っている三人掛けソファの端っこに座った。

それから、子供のようにニコニコしながら、膝《ひざ》の上に両手を置いた。

「……分かった、好きにしていいよ」

「うん！」

僕は頷いて、文庫本を開き直す。

開いたはいいけれど、さっきまで以上に集中できる状況ではなかった。

今から読む内容は、また後で読みなおすことになりそうだな……なんてことを考える。

小田島も、少し居心地悪そうにしながらも、またスマホの画面に視線を落とした。

しばらくの間、部室は静かだった。

しかし、少しするとおとなしくしていた藍衣が、だんだんとそわそわし始める。

そしてついに、隣に座っていた小田島に話しかけた。

「小田島さんも、スマホで読書してるの？」

藍衣が訊くと、小田島は困ったように笑ってから、スマホの画面を藍衣に見せる。

「そう見える？」

「わ、ゲーム？」

「そ、パズルのアプリ」

「パズル好きなの？」

「別に。暇潰してるだけ」

小田島の返答に、藍衣は一瞬きょとんとしてから、すぐに屈託のない笑みを浮かべて、言う。

「他の場所でもできること、ここでするんだ？」

「へ？」

「部室が好きなんだね！」

藍衣が無邪気にそんなことを言うので、小田島は困ったように言葉を濁す。

「いや、別に……そういうわけじゃ」

「それとも……結弦が好きなのかな？」

「ち、違う！」

小田島がバッとソファから立ち上がって大きな声で否定した。

藍衣は目を丸くしている。僕も横目で小田島を見ていた。微妙な空気が部室に流れる。

「あ、いや、ごめん……そうじゃなくて……」

小田島は慌てたように僕を見て、手を横に振った。

彼女は僕が傷ついたのではないかと気にしていそうだったけれど、今さらこんなことでショックを受けたりはしない。

「大丈夫、分かってるから」

僕は笑いながら、文庫本を閉じ、机の上に置いた。

小田島は本当に、暇を潰しにここに来ているだけなのだ。僕はそれを知っている。

親との折り合いがあまりよくない小田島は、家に帰っても居心地が悪い。しかし、部室で小田島に対して口うるさく何かを言う人間はいなかった。

むしろ、毎日部室に顔を出しているのは僕一人。

「藍衣、この部活は本当に形だけのものなんだ。読書してるのは、僕だけ」

僕が言うと、藍衣はよく分からない、というように首を傾げる。

僕は頷いて、続けた。

「うちの学校はさ、基本的に『部活には入っておけ』みたいな風潮があるところなんだよ。特殊な事情がある子以外には、ほとんど帰宅部はいない」

僕の通う『鷺沢台《さぎさわだい》高等学校』は、校長の意向で、部活動に力を入れている学校だった。

基本的に、特別な理由がなければ帰宅部でいることは許されず、そういった方針に反発する生徒以外は、たいてい部活動に所属している。

「だから、みんなとりあえず部活には入るんだけど……やる気のない生徒はどんどん幽霊部員になるんだ」

「なるほど……」

藍衣はこくんと頷く。

「で、運動部とか、大会とかがある部活で幽霊部員っていうのは結構角が立つじゃない。でもこの『読書部』ってところは、もちろん大会なんかないし、部活の内容も『読書をする』っていうふわふわした内容だし……まあ、つまり、幽霊部員がやりやすいところなんだよ」

話していて虚《むな》しくなるけれど、事実だった。

そして、この部活の顧問は、あろうことか、この学校で一番やる気がないんじゃないかと思えるくらいにちゃらんぽらんな我がクラスの担任教師、『小笠原平和』なのである。

「うちの顧問の小笠原平和っていう先生はさ」

「あ、結弦のクラスの担任？」

「そう、あのやる気ない感じの人。あの人、なぜか『生活指導』の先生なんだよね」

人選ミスも甚《はなは》だしいと思うけれど、平和はこの学校の『生活指導』を担《にな》う教師でもあった。

生活指導の教師は、部活に所属しない生徒に対するヒアリングなども役割のうちに入っており……。

「あの人、特に理由もなく部活に入らない生徒を、『幽霊部員でいいからよ』って言いながら読書部にどんどん引っ張ってくるんだよ」

「あはは、適当すぎ」

「でしょ。小田島もそれで入ったクチ」

僕が言うと、小田島は少しきまりが悪そうにスンと鼻を鳴らした。

「だから、この部活は幽霊部員の吹き溜まりなんだ。小田島以外は部室に来ることもないし、小田島も暇を潰してるだけ。僕もそれでいいと思ってるからさ」

そこまで僕の言葉を聞いて、藍衣は納得したのかしていないのか分からない様子で、僕を見る。

「結弦も、暇を潰しに来てるの？」

その質問に、どう答えたものか一瞬悩むものの、結局、僕は頷いた。

「まあね。ちゃんと読書はしてるけど……別に、これだって、家でできることだもの」

「そうなんだ」

僕が答えると、藍衣はようやく納得したように頷いた。

けれど、その後に続く言葉は、僕も、小田島も予想していないものだった。

「でも、素敵だね」

「え？」

素《す》っ頓狂《とんきょう》な声を上げる僕をよそに、藍衣は柔らかな微笑みを浮かべながら言葉を続ける。

「だって結弦は毎日ちゃんと活動してて、小田島さんもときどき部室に来て……誰かの生活が息づいてるんでしょ？」

「そりゃ、まあ、そうだけど……」

「じゃあ、ここにいることはもう二人にとっての『生活の一部』ってことだもんね。それって、すごい素敵だね！」

藍衣はそう言ってから、うんうん、とひとりでに頷いた。

僕はぽかんとしてしまう。小田島も、パズルゲームをする手を止めて、藍衣を見ていた。

藍衣は言うだけ言って、バッとソファから立ち上がる。

「ごめんね！　邪魔しちゃって！」

「え、帰るの？」

思わず、僕がそんなことを言うと、藍衣はいたずらっぽい表情を浮かべた。

「まだいてほしい？」

僕は、顔が熱くなるのを感じた。

そういう意味で言ったわけじゃない。

「……別に」

僕がむすっとそう返すと、藍衣の笑顔が一瞬翳《かげ》ったような気がした。

しかし、すぐにニコリと笑って。

「そっか。じゃ、校内探検して帰る！」

藍衣はそう言って、軽いステップで部室を出ていく。

「お邪魔しましたー！」

ドアを閉めて、たたっと藍衣が廊下を駆けていく音が部室内にも聞こえてきた。

その足音が聞こえなくなるまで、僕は扉の方をじっと見つめていた。

「……まだいてほしい、って言えばよかったじゃん」

小田島がぼそりと言うので、僕は振り返って、彼女を睨《にら》んだ。

「そんなこと思ってない」

「ふうん？」

「普通に部活の邪魔だった」

「暇潰してるだけなんじゃなかったわけ？」

「……」

揚《あ》げ足を取られ、僕は言葉を返せずに口を閉じた。

そんな様子を見て、小田島は勝ち誇ったように鼻を鳴らして、再びスマホ画面に目を落とす。

ぽちぽちと画面をタップしながら、小田島がぽつりと言った。

「嵐みたいな子だね」

その言葉に、僕はゆっくりと息を吸い込んでから、頷く。

「うん……」

深く吸い込んだ息を、吐き出す。

小田島の言葉は、的《まと》を射《い》ていると思った。

嵐のような女の子。

……僕には、手に負えない女の子。

再会したばかりの藍衣に、僕は以前とまったく変わらない印象を覚えていた。

すべての感情がストレートで、それをどう受け止めたらよいのか、いまだに戸惑《とまど》っている。

そして……藍衣同様、何も変わらない自分に、呆れてしまった。

ふと横顔に視線を感じて、小田島の方を見ると、彼女はふい、と分かりやすく視線を逸らした。

「なに？」

僕が訊くと、小田島はどこか不機嫌そうに唇を尖らせて、答えた。

「別に～……」

明らかに何か言いたげだったが、なんとなく、今の僕は小田島のそれを引き出そうという気にはならなかった。

ふわふわとした感覚のまま、文庫本を手に取る。

開いてみるものの、昨日と同様、内容はまったく頭に入ってこなかった。

【4章】

EP.04

YOU ARE MY REGRET...

A story of love and dialogue between a boy and a girl with regrets.

土曜日。それは好きなだけ寝ていても怒られない日。

眠るのが好きだ。クラスメイトには「寝てる時間ってめっちゃもったいなくね？」と言っている子もいたけれど、僕はそうは思わない。

入眠する前の、身体が重く沈むような、あたたかな微睡《まどろみ》に向かっていく感覚が好きだし、目覚ましを鳴らさずに自然と意識が覚醒したときの、それが夢なのか現実なのか分からない、自分の実体を確認するような、ゆったりとしたまばたきが好きだった。

そういうわけで、休日の、誰にも起こされない午前中が、好きだ。

だというのに、今日はなぜか、僕の至福の時間は母さんによって妨《さまた》げられたのだ。

「ゆーくん。起きて。ほら、起きてってば」

「んん……？　なに……今日出かける用事あったっけ……」

身体をぐらぐらと揺さぶられて、僕は不機嫌に低い声で呻《うな》った。

何もないなら、寝かせておいてくれ。

そんなことを思いながら、また閉じかけるまぶたを、母さんの次の一言がこじ開けた。

「なんか、あんたの元カノ来てるけど」

「……はっ⁉」

僕の身体は弾《はず》むようにベッドから飛び起きた。

「はっ⁉」

もう一度同じ声を上げて、母さんの方を見る。

母さんは、なんとも言えない顔をしながら、顎《あご》で窓の方を示した。

僕は何かを考えるよりも先にベッドの横にある窓の、カーテンをシャッと開けた。

二階の自室の窓から見下ろすと、家の前に、私服姿の藍衣《あい》が確かに立っていた。

カーテンの開く気配を察したのか、藍衣がふと上を向いた。彼女と目が合う。

目が合うや否《いな》や、藍衣はパッと花が咲いたように笑い、僕に手を振った。

僕は慌《あわ》ててカーテンをすごい勢いで閉める。気づけば、無意識に頭を触っていた。寝ぐせで髪が跳ねていないだろうか。

「どうすんの？　家上げてあげる？」

母さんがそんなことを言うので、僕は鬼の形相《ぎょうそう》で首を横に振った。

「いい！　出かける準備する！」

僕がそう言って、バタバタとベッドから降りるのを見て、母さんは何が可笑《おか》しいのか、くすくすと笑った。

「急に来るなんて、何考えてるんだよ!!」

ドタバタとシャワーを浴び、私服に着替え……最低限の身支度をしてから玄関を出た。

玄関前で待っていた藍衣に、僕は開口一番、文句を言う。

しかし藍衣は怒っている僕を見て、くすくすと笑った。

「急に来た方がびっくりするかと思って」

「するに決まってるでしょ！」

僕が言うと、藍衣は再びくすくすと笑ってから、付け加えるように言う。

「それに……事前に言ったら言ったで、絶対ダメって言われるじゃん？」

その言葉に、僕はウッと言葉を詰まらせる。それは、もちろんそうだ。

けれど、最近の僕は、藍衣にそんなことを思わせるくらいには、彼女のことを拒絶しているように見えているということなのだろうか。

「……で、何しに来たの」

話を逸《そ》らすように僕が言うと、藍衣は能天気な様子で答えた。

「休日だし、結弦《ゆづる》と遊びたいなと思って！」

「遊ぶって、何して……」

「町！　案内してよ。二年前とは変わってるでしょ？」

あっけらかんと、そんなことを言う藍衣。

僕はため息をついて、首を横に振った。

「二年じゃそんなに変わらないよ……」

「いーから！　どうせ暇《ひま》してるんでしょ？」

「まあ、予定はないけど……」

「じゃ、町案内よろしく！」

かなり強引に、藍衣は話を運んでいく。

まったく折れる気のなさそうな彼女を見て、僕は大きなため息をついてから、観念した。

「財布とスマホ取ってくるから。ちょっと待ってて」

「！　……うん！」

僕の言葉を聞いて、心から嬉しそうに目を輝かせる藍衣を見て、僕はまた複雑な気持ちになるのだった。


僕の家の最寄《もよ》り駅は、学校のある駅から二駅ほど隣の駅だ。

頑張って歩けば三〇分くらいで学校に行けるけれど、僕は電車を使って通学している。

母さんは「通学に時間かけるくらいなら一分でも多く寝なさい」というタイプの大人だったので、定期券を買って電車で通学するのを許可してくれているけれど、この辺りに住む同じ学校の生徒たちは、自転車で通学している子も多くいた。

そして、都心から離れたこの辺りは、よく言えば『落ち着いた町並み』、悪く言えば『田舎《いなか》っぽい町並み』が続いている。

駅前に商店街があるものの、それは都心のものと比べてだいぶ地味でこぢんまりとしていた。

休日である今日も、駅前商店街の人通りはまばらだ。古臭《ふるくさ》い個人経営の電器店や、小さなパン屋など、下町っぽいよさがあるこの町が僕は嫌いではないけれど、だからといって、高校生が休日にぶらぶらするような町だとはとうてい思えない。

そんな中を、藍衣は、目をキラキラと輝かせながら歩いている。

「あ！　このゲーセンまだあるんだ！　一回、一緒にエクストリームファイターやったよね。お互い初心者だからめちゃくちゃだったけど、楽しかったな～」

僕は楽しそうに喋《しゃべ》る藍衣の背中を眺めながら、同じ歩調で歩き続ける。

藍衣と付き合っていた頃、この辺りにはときどき遊びに来ていた。

なんなら僕の家に遊びに来たことだってあった。だから、僕の母さんは藍衣のことを知っていたのだ。

だから、ここは『思い出』の場所、と言えなくもない。

でも、本当に、それだけだ。

思い出以外には何もなくて、二人で遊ぶようなところもほとんどなくて、だというのに、どうして僕は藍衣と二人で、ここを歩いているのだろうか。

藍衣の後ろ姿は、ぐるぐると同じようなことばかり考える僕とは違い、潑剌《はつらつ》としていた。

そんな様子は、中学生の時と、ほとんど変わっていないように見える。

いつも楽しそうで、自由で……そして、その視界には僕のことなんて……。

「ねえ、結弦？」

パッ、と、突然藍衣が振り向いた。僕はどきりと肩を跳ねさせた。

「な、なに？」

「なんで後ろ歩くの？　隣歩いてくれないと話しにくいじゃん」

僕の隣まですたすたと戻ってきて、顔を覗《のぞ》き込んでくる藍衣。

その距離はとても近くて、僕は照れてしまう。物理的に距離を詰められるのは、苦手だった。

「いや、それは……別に……」

「別に、何？」

もごもごと要領を得ない返事をする僕に、また、ずい、と藍衣が顔を近づけてきた。

僕は藍衣から顔を背《そむ》けながら、赤い顔で言った。

「後ろ姿が、前と変わってないなと思って」

僕の返事を聞いて、藍衣はパッと表情を明るくした。

「そう？　じゃあ横顔も変わってないかどうかちゃんと見て？」

「……」

そういうことじゃないんだけどな……と思いつつ、僕は彼女のペースに乗せられないよう、返事をせずに歩き続けた。

藍衣は、僕の歩調に合わせるように、隣を歩く。

「私の後ろ姿が変わらない、って言ったけどさ」

藍衣は横目で僕を見ながら言った。

「結弦も変わらないね」

その言葉に、僕は胸の奥がズキリと痛むのを感じた。

変わらないね。

きっと、彼女の言葉に他意などないのだろうけど、僕にはそれは「非難」の言葉に聞こえたのだ。

「なんで……そう思うの」

僕が訊《き》くと、藍衣は「ん～」と小首を傾《かし》げ、少しの間考えるようにしてから、笑顔で答える。

「だって、私を拒絶しないじゃん？」

「……え？」

僕が目を丸くすると、藍衣はそこで初めて、少し困ったように眉を寄せて、言葉を続けた。

「……私、今日結構すごいことしたと思うよ？　同級生の家に勝手に突撃してさ、急に遊ぼうって誘って。しかも、ただの同級生じゃなくて……元カレだし」

「……まあ、それは、確かに」

「元カレの住所覚えてるだけでも結構気持ち悪いと思うんだけどな〜」

藍衣はそう言ってくすくすと笑うけれど、僕の反応を窺《うかが》っているわけでもなさそうだった。

淡々と、事実だけをぽいと投げ捨てるような口調。

これも、記憶の中の彼女の話し方と一致する。

「でも、結弦は付き合ってくれるじゃん？　ぶつくさ言いながらさ」

「それは、断りづらかったからで……」

「んーん、それは違う」

藍衣が急に断定的な物言いをするので、僕は言葉を詰まらせる。

逆に、藍衣は再び僕の目をじっ、と見て、はっきりと言った。

「本当に嫌だったら、来ないんだよ、ヒトはさ」

藍衣はそう言ってから、目を細めて笑う。

「だから、結弦はまだ私のこと、嫌いになってないって分かって、安心したぁ」

藍衣が無邪気に、そんなことを言うものだから、僕は身体の奥底が急に熱を持つのを感じた。

そして、思わず、言ってしまう。

「藍衣だって！」

急に大きな声を出した僕を、藍衣は目を丸くしながら見ていた。

「藍衣だって……僕のこと、嫌いになってないじゃん」

僕が言うと、藍衣はぱちくりと何度かまばたきをしてから、へらりと破顔《はがん》して、頷《うなず》く。

「なんだ、そんなこと？　急に大きな声出すからびっくりしたじゃん」

「だって……僕は……君についていけなくて……君が分からなくて……君の気持ちもちゃんと聞かずに、振ったんだよ？」

「そうだね」

「怒ってないの？」

「怒ってない」

「なんで？」

「結弦が好きだから」

「…………えっ？」

溜めもなく放たれたその言葉に、僕の思考は停止した。

突然固まってしまう僕を見て、藍衣は首を傾げる。

「なに？」

「いや、なにって、今……」

「うん？　結弦が好きだよ？」

「なんで……」

「なんでなんでってうるさいなぁ。好きなものは好きなの！　だから、嫌われてなくて安心した」

藍衣は、僕の反応など気にしないというふうに、すっきりと、そして明確に気持ちを伝えてくる。

僕はただただ、圧倒されて、口をぱくぱくとさせた。

「でも、僕は……」

「結弦」

まだ過去に囚《とら》われている僕に、藍衣は口ずさむように言った。


「好きだよ」


ダメ押しのように放たれたその言葉に、僕は完全に固まってしまう。

そんな僕を見て、藍衣はくしゃっと笑って、言う。

「だから……そんな顔しないで」

そう言って、藍衣は僕の頰を優しく手で触れた。夏の日差しで、僕の肌はじっとりと汗ばんでいたけれど、藍衣の手はさらさらとしていた。

そのあたたかさだけが、彼女の手から伝わってくる。

「ほら、にーって」

「いだだだだ」

急に、僕の両方の頬をつまんで、藍衣がぐい、と上に引っ張った。口角は上がったが、薄い皮膚をつままれるととても痛い。

痛がる僕を見て、彼女は手を離してから、けらけらと笑った。

解放されて、頬をさする僕をよそに、藍衣は再び、楽しそうに笑いながらすたすたと歩き出す。

「せっかくの休日なんだから、楽しく過ごそ！」

「う、うん……」

完全に藍衣のペースに飲まれてしまった僕は、先を歩く藍衣に追いつくように小走りで彼女の背中を追った。

別れて二年が経《た》っても、藍衣は僕のことを好きだと言う。

僕には、その理由が分からなかった。

分からないのに、少しだけ「嬉しい」と思っている自分がいることに、僕はさらに、複雑な気持ちになるのだった。

二年が経った今でも、僕の心は、どっちつかずに、揺れている。

「お店がちょろちょろ入れ替わってたけど、やっぱりあんまり変わらないね、ここも」

「だから、そう言ったでしょ……」

一通り商店街を散策したのちに、藍衣は依然《いぜん》として楽しそうに、そんな感想を漏《も》らした。

緩やかな時間の流れるこの商店街では、入れ替わるのは売り上げノルマの厳しいチェーン店ばかりで、二年程度では、町の雰囲気ががらりと変わるようなことはない。

『変わらない』ということを、当たり前に受け入れている僕と、それを喜んでいる藍衣。

同じものを目にしてもこうも見方が違うことに、僕は再び埋められない溝を感じる。

そして、こんな寂《さび》れた商店街を歩いていても笑顔を絶やさない藍衣を見て、そこに魅力を感じてしまっていることにもうんざりした。

僕は月日が経ってもなお、やはり、藍衣に惹《ひ》かれているのだと思う。

けれど、その感情は、二人の間を引き裂くだけなのだと、僕はもう知っているのだ。

気づくと僕と藍衣は、商店街の端からのびている勾配《こうばい》のきつい坂の前にいた。

藍衣はそこで立ち止まり、僕の方を見た。

「あの公園は？　残ってる？」

あの公園、と指すのがどこのことなのかは、僕にもすぐに分かった。

しかし、僕は、その質問に答えるのを躊躇《ためら》ってしまう。

なぜなら、そこは僕が藍衣に告白された場所であり……僕が、藍衣と別れた場所でもあるからだ。

「ねえ、どうなの？」

せっつくように藍衣に言われて、僕は観念し、首を縦《たて》に振った。

「……まだ、あるよ」

「じゃあ、見に行きたい」

当たり前のように藍衣が言うので、僕は再び口を噤《つぐ》む。

正直、藍衣と二人で行きたい場所ではなかった。

しかし、藍衣は僕の返事を待たずに、急坂を上り始める。

「行こ！　結弦！」

「………………うん、分かった」

僕はしぶしぶ、頷く。

藍衣はにこりと笑って、一足先に坂をすたすたと上っていく。僕はその後ろを、距離が開かないようについていく。

隣を歩いてよ、と、藍衣は言わなかった。

今日は彼女の背中を見つめてばかりだ。

今から行くのは、さっきまで歩いていた商店街以上に、二人にとって『思い出の場所』だ。

けれど、その思い出を、殺した場所でもある。

そんな場所に二人で行って、今、僕は彼女と何を語るべきなのだろうか。彼女は、僕と、何を話そうというのか。

そんなことを考えながら、僕と藍衣は、静かに、坂を上った。

その頂上にある、無駄に広い、あの公園に向けて。

EP.05

〔5章〕

YOU ARE MY REGRET...

A story of love and
dialogue between
a boy and a girl with
regrets.

商店街の脇道から、長い坂を上り……小高い丘の上にあがると、その公園はあった。

「わ、なーんにも変わってない！」

公園に着くなり、藍衣《あい》ははしゃぎながらきょろきょろと辺りを見回した。

確かに、彼女の言うように、この公園は何一つ変わっていなかった。

僕も彼女と別れて以来、ここには一度も来ていなかったけれど、記憶の中の景色と、今のそれは完全に一致している。

「象さんの滑り台も残ってる！」

「そうだね」

藍衣が指さした、ピンク色の象の形をした滑り台。

ところどころペンキが剝《は》げ、茶色にさび付いているそれは、僕と藍衣の思い出の遊具であり、その上で、僕と彼女の関係は二度、大きく変化した。

僕は胸の奥に重苦しい圧迫を感じたけれど、無邪気に滑り台に駆け寄っていく藍衣の後ろから、ゆっくりと歩く。

象の背中は階段状に窪《くぼ》んでいる。その手すりのない階段を軽快にのぼって、滑り台のてっぺんで、藍衣はニコニコと笑ってみせた。

「懐《なつ》かしいね！」

「……うん」

思い出の場所で無邪気にはしゃぐ藍衣。

対して、僕は、その『思い出』に縛られて、うまく笑うことができない。

「この公園、こんなに広くて遊具もあるのに、いつも全然人がいないんだよね。学校もそれなりに近いのにさ」

「近いって言ったって……こんな立地だし。学校から二〇分以上も歩いて、しかも長い坂を上らないといけない」

「徒歩二〇分なんて全然じゃん。イマドキの子供は公園で遊ばないもんなんだなって思ってたよ」

「ふ、君だってイマドキの子供でしょ……」

突然おばさんみたいな言い回しをする藍衣に、僕は思わず噴き出した。

藍衣は目を丸くして僕の顔を見てから、嬉しそうに「あ！」と言って、僕を指さした。

「やっと笑った！　今日、今まで一度も笑わなかったんだよ、結弦《ゆづる》」

「……そうだったっけ」

そういえば、そうだったかもしれない、と思った。

始終ニコニコしている藍衣を見て、僕は昔のことばかりを考えていたから。

「そうだよ！　なんか、結弦の笑顔っていいよね」

藍衣はしみじみとそんなことを言いながら頷いて、ずず、と滑り台を下りてくる。

彼女の穿《は》いていたスカートがずい、と太ももくらいまでずり上がるのを見て、僕は慌《あわ》てて目をそらした。

「この公園にいるときさ……」

滑り台を下りきったところで、藍衣は口ずさむように言った。

「私はとっても自由だなぁって思ってたんだよ」

その目は、ずっと遠くを見ていた。

彼女も、二年前のことを思い出しているようだ。

「……藍衣はいつだって自由だったじゃん」

僕がそう返すと、藍衣は微妙な顔で笑う。

「そう思う？」

「僕にはそう見えた」

「そうなんだ。そっかそっか……」

藍衣は独特な温度感で、何度か頷《うなず》いて。

「私はさ……私のやりたいことだけをやって、生きていた」

と、呟《つぶや》いた。

僕は、頷く。

「知ってる」

中学の頃、藍衣は、それはもう……悪目立ちしていた。

彼女と知り合う前から、僕は彼女のことを知っていた。噂《うわさ》が立っていたからだ。

学年内でもぶっちぎりに美人。でも、その行動はあまりに突飛《とっぴ》で、グループ課題の和を乱し、手のつけようのない『好き勝手』をする女。

そんな、好評とも悪評ともつかない――多分、後者の意味合いの方が大きい――噂が、僕の耳にも入っていた。

「でもね、〝そういう生き方〟ってさ。他人から見ると、すごく自分勝手に映るんだと思う」

藍衣は目を細めながらそう言った。

「みんな、大きな大きな枠組みの中で、ルールに則《のっと》って、他人の領域を犯さないように、びくびくしながら生きてる。よそ様に迷惑をかけないよう、他人から嫌われないよう……そうやって〝暗黙のルール〟に従って生きてるんだよ」

いつも無邪気に笑っている藍衣の、そんな達観した言葉に、僕は何も言えずに、ただ目を丸くして彼女の言葉を聞いていた。

「でも、私は違う。自分の哲学を守るために、他のすべてを蔑《ないがし》ろにしてる。自分勝手に生きてる」

「それが君の強さじゃないか」

僕が口を挟むと、藍衣はくすりと笑って、頷いた。

「うん、ありがと。そうやって言ってくれるとこも好き」

不意に「好き」と言われ、またもやドキリとする。

藍衣は、そんな僕をよそに、ぽつりぽつり、と、整理するように言葉を続けた。

「でも他の人は違う。みんな私を〝気持ち悪いもの〟として見るんだよ。どれだけ自由に生きようとしてみても、その視線からは逃れられない」

藍衣は薄い微笑みをたたえながら、淡々と話す。けれど、その内容は彼女の表情に比べて、ずっと重く感じられた。

当時の藍衣は……確かに、思い返してみれば、特に『女子たち』との折り合いが悪かったように思う。

男子というものは、なんだかんだで、実害を被《こうむ》るまでは「まあ、でも水野《みずの》、可愛いしな」で済ませてしまうところがあった。そして、実際に迷惑をかけられたことがあったとしても、「まあ、あいつはな……」と苦笑いを浮かべるにとどまる。すべて、藍衣の外面の美しさと、にじみ出る「悪気のなさ」があってのことだ。

しかし、女子は違う。

そういうふうに、『男子から許されている』という状況に対して、「顔がいいと好き勝手できていいね」と嫌味を言っている現場を、僕は何度も見ていた。

彼女はいつも笑ってそれを受け流していたように見えたけれど……本当は、思うところもあったのだろう。

「諦《あきら》めるしかないって思ってた。自分の生き方を守るために、他の人からどう思われたってかまわない、理解者なんていらないって……そう思ってた」

言葉が出ない。

中学生というまだまだ成熟しない精神で、藍衣がそんなことを考えていたなんて、僕は知らなかった。

ただただ、あるがままに、自然体で、彼女は最初から〝自由〟なのだと、そう思っていた。

藍衣がふと顔を上げて、僕の方を見た。

その丸く澄んだ瞳と、目が合う。

「でもね、私、結弦と知り合っちゃった」

突然出てきた自分の名前に、思わずびくりと身体が震えた。

「結弦は、私のことを、そういう目で見なかったよね」

藍衣がじっ、と僕を見ながらそう言った。

「覚えてる？　初めて会った日のこと」

「……なんとなくは」

「え～、なんとなくなの？　私は忘れられないのに」

くすくすと肩を揺する藍衣。

本当は、ちゃんと覚えていた。僕だって、忘れられない。

ある放課後の教室で、突然現れた藍衣に、僕は目を奪われたんだ。

「初めて会った時の結弦、花瓶持ってた」

「……そうだったね」

藍衣に言われて、ゆっくりと、僕はその時のことを思い出す。


その日、誰もいない教室で、僕は日直の仕事をこなしていた。

秋にさしかかり、肌寒くなってきた教室。窓から差し込んでくる西日はどこかからりと乾燥していて、夏の湿り気を忘れさせてくれるような心地よさがあった。

板書を黒板消しで消して、クリーナーをかける。そんな単純作業を繰り返すのは、嫌いじゃなかった。

黒板掃除を終えたら、今度は翌日の日直の名前を黒板の右下に書き込む。

「芦田《あしだ》」「安藤《あんどう》」という名前を書きながら、僕は鼻を鳴らした。どちらも面倒くさがりな生徒だ。

今日みたいに、お互い片方に日直の仕事を押しつけようと、じゃんけんが始まるのだろうな……なんてことを考える。

僕はじゃんけんに負けたから、こうして一人で日直の仕事をこなしているわけだ。

二人でやればすぐに終わる作業。だからこそ、一人でやるのが苦になるほどの量でもない。

そんなふうに、ゆっくりと日直の仕事を片づけている途中で。

僕は教室の中で、ばたばたと羽ばたく蝶を見つけた。

蝶は、壁に向かって羽ばたき続け、何度も何度も、ばちばちと壁にぶつかっていた。

「……」

僕には、その蝶が「困っている」ように見えた。きっと、放課後に開け放たれていた窓から迷い込んでしまい、僕が窓を閉めたせいで外に出られなくなってしまったのだ。

「ほら、開けたよ。あっち、あっち」

窓を開けてやり、掃除用具入れから取り出した箒《ほうき》の柄《え》の部分でちょいちょいと蝶を追い立ててみる。

上手《うま》く窓の方に誘導してやりたかったが、蝶は僕の向けた箒を避けるばかりで、窓の方になかなか向かおうとしなかった。

「……うーん」

蝶からしたら、大きな人間から攻撃されているようにしか考えられないのだろうと思う。

僕は箒を壁に立てかけて、教室内をきょろきょろと見回した。

そして、窓際《まどぎわ》に置いてあった透明な花瓶を見つける。

植物係がこまめに水を取り替えないせいで、あっという間に枯れてしまった花。それを丁寧《ていねい》に抜き取って、僕はその花瓶を手に取った。

そして、自分のスクールバッグを開き、その中から、パッと目についた数学のノートを取り出して、そのページをぺりぺりと一枚ちぎる。

教室の端を見ると、まだ蝶は壁に向かって羽ばたき続けている。

僕はゆっくりと蝶に近づいて、花瓶をそっと蝶にかぶせた。

「ごめんよ……」

花瓶の中でじたばたと飛び回る蝶。突然花瓶に閉じ込められたら、さぞ怖かろう。

そんなことを考えながら、左手に持ったノートの切れ端を花瓶に近づけてゆく途中で……。

ふと、僕は廊下からの視線に気がついた。

慌てて廊下の方へ視線をやると、そこには、黒髪の少女が佇《たたず》んでいた。目を丸くして僕を見つめる少女。

それが、水野藍衣だった。

僕と藍衣は、数秒、見つめ合《あ》ったまま静止していた。

藍衣は、廊下の窓から漏《も》れ入《い》ってくる茜《あかね》色の光に照らされて、僕にはその輪郭《りんかく》が輝いて見える。

「……な、なにしてるの？」

沈黙に耐えかねたように、藍衣がそう言った。

言われて、僕はハッとする。手元の花瓶に目をやると、蝶は相変わらずばたばたと慌てたように花瓶の中で飛び回っていた。

「ああ、蝶がね。教室に迷い込んでて」

僕はやろうとしていたことを思い出して、花瓶と壁の隙間《すきま》に、スッとノートの切れ端を通した。そして、壁から花瓶を離し、窓際まで運ぶ。

開け放した窓から身を乗り出して、外に花瓶の口を向けてからノートの切れ端をはずすと、蝶はぱたぱたと翅《はね》を羽ばたかせて、外へと飛び出していった。

今度はこちらへは向かってこず、ひらひらと自由に飛んでいく蝶。

それを、うっとりと眺めた。小さいながらに、翅が白くて、美しい蝶だった。

僕はその姿を見送ってから、窓をゆっくりと閉める。

「……逃がしてあげたの？」

「うわ！」

気づくと、廊下にいたはずの藍衣が、僕のすぐ隣まで来ていた。僕は思わず飛びのいてしまう。

「あはは、そんなに驚かなくてもいいのに」

「あ、いや……ごめん」

僕は挙動不審に視線をきょろきょろと動かしてから、頷いた。

「蝶……可哀想だと思って」

「可哀想？」

藍衣は自然な仕草で、首を傾《かし》げた。小首を傾げるのがここまで絵になる人間がいるのか、と思う。

「うん。外で自由に飛び回りたいだろうに、こんなところに入っちゃったせいで……困ってるみたいに見えたから」

「虫が？　虫が困ってるって思ったの？」

藍衣は目を真ん丸にしながら僕を見ていた。

僕は、美少女にまっすぐ見つめられているという状況に若干《じゃっかん》の居心地の悪さを感じながらも、頷く。

「うん」

僕が首を縦《たて》に振るのを見て、藍衣は数秒きょとんとした後に、噴き出した。

「変なの」

「変……かな」

「変だよ。虫が困ってるなんて言う人、初めて見た」

「そうなんだ」

実際にそう見えたのだから仕方ないじゃないか、と心のなかで独り言《ご》つが、藍衣は僕の様子なんて気にも留《と》めずに、窓の外を眺めた。

「ちょうちょ、もう見えなくなっちゃったね」

「うん。どっか、好きなところに行ったんじゃないかな」

「そうだね。よかったね、ちょうちょ」

目を細めて、藍衣が笑った。

その横顔をまっすぐ見つめてしまって、僕は顔が熱くなるのを感じる。

こんなに美しい横顔があっていいものか、と、思った。

水野藍衣、という女の子の噂は、何度も耳にしたことがあった。

自由すぎて手の施《ほどこ》しようのない女。

美人なのにもったいない、と。

そんな話を男子からも女子からも、別のクラスの生徒だというのに、噂話として聞いていたのだ。

僕はと言えば、藍衣と廊下ですれ違うことは数度あったものの、こんなに近くでその姿を見ることはなかった。

そして、こうして言葉を交わしてみて、彼女が本当に美人で、そして自由人だということは、実感で以《もっ》て理解することとなった。

「ん？」

僕は、ぼんやりとそんなことを考えながら、彼女の横顔をじっと眺めてしまっていたようだった。

ふいに僕の方を向いた藍衣と、思い切り目が合う。

僕は慌てて目を逸らして、首を横に振る。

「ごめん、じろじろ見て」

「いいけど、なに？」

「ううん、なんでも」

口が裂けても、横顔が綺麗で見惚《みと》れていた、なんて言えるはずもなかった。

「水野さんは、何してたの？　こんな時間に」

話題に困って、僕がそう訊《たず》ねると、藍衣は「ああ」と声を漏らしてから、あっけらかんと答える。

「校舎を探検してたの。この時間、全然人がいないから」

「え？」

「人が少ない校舎、静かでよくない？　私、好きなんだよね」

藍衣はそう言ってから、いたずらっぽい表情で、僕を横目に見た。

「たまに、こういう面白い場面にも出合えるし」

面白い場面、というのは、僕が蝶を逃がしていたことを指しているのだろう。

僕は恥ずかしくなって、再び、彼女から目を逸らす。

「……ほんとに、自由なんだね。噂通り」

僕が苦笑を浮かべてそう言うと、彼女の身体がぴくりと揺れた。それに合わせて、彼女の柔らかそうな髪の毛も、揺れる。

「あっ……」

僕としては素直な感想だったけれど、余計な一言を付け加えてしまった、と後悔する。

「噂って、別に悪い噂じゃないよ」

僕が明らかに蛇足《だそく》でしかないフォローを入れてしまうのを聞いて、藍衣は苦笑を浮かべてかぶりを振った。

「いいよ、慣れてる。そういうの」

そう言う藍衣の表情は穏やかだったけれど、その中に一抹《いちまつ》の『寂《さび》しさ』が含まれているのを、僕は感じ取ってしまった。

今まで爽《さわ》やかに笑っていた藍衣の表情を、少しだけでも曇らせてしまったことに、僕は焦《あせ》りを覚える。

どうしよう、どうしよう、と考えているうちに、ふいに、僕はぽつりと、思ったことをそのまま口にした。

「水野さんって……蝶みたいだよね」

僕がそう言うと、藍衣の目がゆっくり見開かれた。

そして、心底驚いたように。

「……えっ？」

とだけ、言った。

僕は再び、慌てる。あまりにも間抜けなことを言ってしまったような気がする。

「……あっ、ごめん、虫みたいって言いたいんじゃなくて！」

僕は目を泳がせながら、フォローの言葉を考える。

「自由に飛び回って、その姿が綺麗で……でも、決して手は届かない……そんな蝶みたいで……」

そこまで言って、藍衣が口と目を大きく開けたまま、ぽかんとしながら僕を見ていることに気がつく。

すぐに、今僕が発した言葉は頭から終わりまで、まるで〝口説き文句〟のようだったことに気づいて、また、慌てた。

「あ、ごめん！　そうじゃなくって……」

「ぷっ！　あはは！」

再び慌てだす僕を見て、藍衣は急に破顔《はがん》して、お腹《なか》を抱《かか》えながらけらけらと笑った。

楽しそうに笑う藍衣を見ながら、僕はただただ、狼狽《ろうばい》している。

「ちょうちょみたい、だなんて……初めて言われたよ」

ひとしきり笑ってから、藍衣は笑いすぎて目尻に溜まった涙を指で拭《ふ》き取って、柔らかく微笑んだ。

「ありがと」

「いや、その、ごめん……」

「なんで謝るの、おかしいんだ」

藍衣はまたくすくすと笑ってから、突然、さきほど僕が閉めた窓をガッと力強く開け放った。

乾いた風がぶわっと、窓から吹き込んだ。それに合わせて、藍衣の髪がばさばさと揺れる。

心地よさそうに目を細める藍衣の姿は、やっぱり、綺麗だった。

「手は届かないって言ったでしょ」

「え？」

「ちょうちょ」

「あ、ああ……うん」

風に吹かれ、髪を揺らしながら、藍衣が僕をじっと見た。その湿りけを帯びた視線に、ぞわりと鳥肌が立つ。

「でも、さっき、捕まえてたじゃん」

藍衣は僕が片手に持ったままにしていた花瓶を指さしてそう言った。

「……それは、逃がそうとしたからで」

「うん。それでもいいじゃん。ちょうちょ、君に一回捕まって、でも、君に捕まったおかげで、自由になれた」

藍衣はそう言って、信じられないほど美しい笑みを浮かべた。

「きっと、喜んでるよ」

風に髪を揺らし、そして、窓から差し込む夕日に照らされる藍衣。

その姿があまりにも現実離れした美しさを放っていて、僕は目を細めて、見惚れてしまう。

「……そう……だと、いいな」

「うん、きっと、そう！」

藍衣は元気よく言って、僕の手をぱっと取った。

「ねえ、名前教えて?」

「名前?」

「そう。君の、名前」

まっすぐに見つめられながら、そう訊かれて、僕は、心臓がどくどくと速く打つのを感じな

がら。

「浅田《あさだ》……結弦」

と答えた。

「結弦……いい名前」

藍衣は口ずさむように言ってから、にこりと笑った。

「結弦くん！　私とお友達になってください！」

友達になってください。

そんなストレートな言葉を受け取ったのは、いつ以来かな、と思う。

僕は全身に鳥肌を立たせながら、おもむろに頷いた。

「……うん。僕で……よければ」

それが、僕と藍衣の出会いで。

そして……恋の始まりでもあった。


「結弦は見つけてくれた。私のこと」

藍衣は、滑り台の終着点に座ったまま、そう言った。

「教室に閉じ込められて、どうしようもなかった私を、逃がしてくれた」

「そんなことは……僕は……君のことを……」

逃がしてなんかない。

僕は、君のことを再び閉じ込めようとしたんじゃないか。

そんな言葉が出る前に、藍衣ははっきりと言った。

「だから、好き」

その力強い言葉に、僕はひるんでしまう。胸がズキズキと痛かった。

「どれだけ飛び回っても……私は結弦のところに帰ってくるよ。だって私……」

藍衣は熱く濡れた瞳で、僕をじっと見る。

やめてくれ、と、心が叫ぶ。

それ以上言わないでくれ。


「結弦に……捕まっちゃったから」


その言葉を聞いて、僕は、全身に嫌な鳥肌が立つのを感じた。

「ダメだッ!!」

気づけば、叫んでいる。

藍衣の身体がびくりと跳ねて、その目が見開かれた。

「僕は……君が思ってるような人間じゃない」

「な、なんで……」

藍衣の頭の上には、分かりやすくクエスチョンマークが浮かんでいるように見えた。

僕の言葉に、混乱している。

僕は、涙が出そうになるのをこらえながら、身体の奥底から、言葉を発した。

「僕は君の自由なところが好きだった。そういうところが好きで！　考えなしに付き合って……」

胸が痛い。喉《のど》の奥が、熱かった。

僕は、今、彼女との関係を、完全に終わらせようとしているのだ。

でも、言わずにはいられない。

そうでなければ、僕はまた、同じ過《あやま》ちを繰り返すと、分かっているから。

「そういうところが…………嫌いになった」

僕がそう言うと、藍衣の瞳が、一瞬にして悲しみの色に染まるのが分かった。

いつも綺麗な笑顔を絶やさない彼女にそんな顔をさせたのは、まぎれもない、僕だ。

「藍衣は、僕なんかのそばにいちゃいけない。だって……！」

僕は胸の痛みを強引に体外に吐き出すように、言った。

「誰よりも自由な君を……僕が縛りつけるから……ッ！」

僕に心のうちを明かされて、藍衣は言葉が出なくなったように、口をぱくぱくと開けたり閉じたりしていた。

僕は、涙が溢《あふ》れそうになり、ばっ、と藍衣に背中を向けた。

「今日は……もう、帰る」

「あ、結弦……」

「ごめん、藍衣」

僕は投げ捨てるように言って、小走りで公園を出た。

藍衣が追ってきていないことを確認して、僕はもっとスピードを上げ、激情に駆られるように、坂を駆け降りる。

後悔した。

藍衣と付き合ったことを、僕は、何度も何度も、後悔した。

なぜなら、僕は、自分が好きだった、自由な藍衣を……。

自分だけのものにしたいと、思ってしまったから。

藍衣にみっともなく背中を向けて、彼女から逃げるのは、これで二度目だ。

そして、もう、次はない。

窓を開け放った教室に、もう僕はいない。

だから、藍衣が戻ってくることも、もう二度と、ないのだ。

6章

EP.06

YOU ARE MY REGRET...

A story of love and dialogue between a boy and a girl with regrets.

「浅田《あさだ》。水野《みずの》とどこまでいったの？」

クラスの男子にそんなことを訊かれるたびに、うんざりしたのを覚えている。

友人関係を長く続けた末、藍衣《あいき》から告白されて、僕は喜んでそれを受け入れた。

自由な彼女が好きだったし、他の人が認めない〝自由〟を、自分だけが認めてあげられた、と。そして、それが彼女が自分に心を許す理由なのだと、理解していた。

しかし、彼女と付き合っていくうちに、僕は、だんだんと自分の心が曇ってゆくのを感じた。

なぜなら、僕と藍衣は、付き合い始めてからも、何一つその関係に変化がなかったからだ。

「キスくらいはしたんだろ？」

クラスの男子は、藍衣のことを厄介な問題児だと噂《うわさ》をしながらも、容姿のバツグンにいい彼女について、エロい妄想をせずにはいられない。

だから、僕から藍衣の秘された一面を聞き出そうと、定期的に、何度も同じ質問を投げかけてくる。

けれど、僕は、そんな質問をされるたびに言葉を濁すほかにない。

何も起こっていないのだから、語るようなことも、何もないのだ。

付き合う前と、付き合い始めてからで、驚くほどに、何も変わらない。

友人のように一緒にいて、友人のように遊ぶ。

デートの約束をしても、その内容が当日にガラッと変わることなど日常茶飯事で、ひどい時などは当日になって「ごめん！　ほかにやりたいことできちゃった！」と、ドタキャンされることもあった。

最初の頃は、僕も、「それが彼女の在《あ》り方だから」と納得し、我慢することができた。

藍衣はそういう人間で、自分はそういう彼女を肯定《こうてい》できる人間だ。

そういうふうに、自分に言い聞かせて、僕に何も〝特別〟を与えてくれない藍衣に対する不満を誤魔化すことができていた。

けれど。

精神的に成熟していなかった僕には、いつしか、我慢の限界が訪れる。

「映画、楽しみだね」

ある日、僕と藍衣は、一緒に映画を観《み》に行く約束をしていた。

いつもの公園、象の滑り台の上で、上映時間まで暇《ひま》を潰《つぶ》しながら、僕がそんなふうに藍衣に話を振ると、彼女は少し困ったような笑みを浮かべて、僕を見た。

「あのさ……そのことなんだけど」

その切り出し方を聞いて、僕は、「ああ」と小さく息を漏《も》らした。

また断られるのか、と、内心非常にがっかりする。

「今日、ちょうど映画が始まって三〇分後くらいの時間にね、流星群が見えるかもしれないんだって」

「そうなんだ」

「結弦《ゆづる》がよかったらなんだけど、一緒に見に行かない？」

「映画は？」

僕が訊くと、藍衣はたじろいだようにぴくりと肩を揺らす。

思ったより低い声が出てしまって、藍衣はおびえたようだった。でも、別に、構わないと思った。

藍衣は言葉を選ぶように視線をきょろきょろと動かす。

「……映画は、またいつでも見られるじゃん？　でも流星群は……」

「あのさ！」

僕はついに声を荒らげた。藍衣は再び、びくりと肩を揺らして、僕を見る。

「藍衣にとっては、僕との約束は……どうでもいいの？」

僕が低いままの声で訊くと、藍衣は驚いたように口を開けてから、ぶんぶんと首を横に振った。

「そんなわけないじゃん！　私も結弦と一緒にいるの好きだし……」

「じゃあなんで！　いつもいつも、僕との約束を破るんだよ！」

僕は耐え切れずに、大きな声を出してしまう。

「僕はいつも、君との約束を楽しみにしてる。前の日から次の日のことを考えてドキドキするし、当日になったらいてもたってもいられない。でも……君は違うじゃん」

「結弦？　違うの、私も……」

「違わないだろ!!」

僕が怒鳴ると、藍衣は言葉を失ったように、丸い瞳を揺らしながら、困ったような顔で僕を見る。

僕は日ごろの鬱憤《うっぷん》を晴らすように言葉を続けた。

「君は友達が欲しかったんでしょ。自分のことを理解してくれる友達がさ。そんな時に僕みたいな都合のいい奴が現れたから、楽しく一緒にいるだけなんでしょ」

「そんなことない！」

「だったら！　僕にもそれが分かるようにしてくれよ！　振り回すだけ振り回して……君だけ楽しそうなのは……もう……」

それは、僕の正直な気持ちだった。

けれど、その剝《む》き出しの言葉のナイフは、藍衣の心に鋭く突き刺さる。

藍衣は泣きそうだった。

「ちが……違うよ、結弦……私……」

「もう、別れよう。藍衣」

ずっと、考えていたことだった。

別れた方が、お互い楽しく過ごせるんじゃないのか。彼女が僕に気遣《きづか》う必要はないし、僕も楽になれるんじゃないのか。

何度も考えたけれど、藍衣のことが好きという気持ちが、それを邪魔していた。

僕がはっきりとそう告げたのを聞いて、藍衣はぴたりと動きを止めて、呆然とした表情で僕を見た。

僕も、目尻に涙を溜めながら、言う。

「僕たち、付き合うべきじゃなかった。友達のままでいるべきだったよ……」

藍衣は、力なく、ふるふると首を横に振る。

「結弦、待ってよ……私、結弦のことそんなに傷つけてたなんて、知らなかったの……だから、ごめ――」

「謝らなくていいッ!!」

僕は叫ぶように、彼女の言葉を遮《さえぎ》った。藍衣は、ひゅっ、と高い音を立てて、息を吸う。

「いいんだ……藍衣」

僕は目尻に留《とど》まり切らずに、流れ落ちてしまう涙を拭《ふ》きもせずに、言った。

「君は、自由に飛ぶちょうちょでしょ？」

その言葉に、藍衣の表情がぐにゃりと歪《ゆが》んだ。

僕の言葉は、ただただ、駄々をこねる子供のそれであり、容赦なく藍衣の心を傷つけている。

分かっていた。

けれど、それを止めることはできない。

それほどまでに、僕も、彼女との関係の中で、ゆるやかに傷つき続けていた。

「僕のことなんて気にしないで、好きに生きたらいいよ。……僕こそ、ごめん」

「結弦、違う……違うんだってば」

「じゃあね、藍衣」

「結弦!!」

藍衣の言葉を最後まで聞かずに、僕は逃げるように公園から立ち去った。

あまりに、身勝手な恋だった。

自由な彼女に惹《ひ》かれたはずだったのに、いざ彼女の一番近くに立つ人間になってみれば、彼女の自由すぎる一面に、嫌気が差したのだ。

僕は、彼女の一番の理解者であることに喜んだはずだったのに、気がつけば、彼女の理解者でいることに疲れてしまっていた。

本当は、自分にはない眩《まばゆ》い輝きに惹かれて、背伸びしているに過ぎなかったんだ。

僕と藍衣の交際は、僕にただただ無力感だけを与えて、幕を引いた。

それから藍衣を廊下で見かけても話しかけもせず、避けるようにしているうちに。

彼女は、親の都合で転校していった。

これでいい。忘れよう。

藍衣も時間が経《た》てば僕のことなど忘れて、また新しい場所で、自由に生きていくだろう。

そんなふうに、僕は何度も、つとめて藍衣のことを忘れようとしながら生きてきた。

だというのに……また、藍衣は現れた。

以前と変わらぬ自由さで、そして、むき出しの〝好意〟を携《たずさ》えて……。


「ユヅ、そこ、あたしの席なんだけど」

部室のソファに寝転がって、藍衣のことを考えていた。

気づけば、ソファの真横に小田島《おだじま》が立って、僕を見下ろしていた。

今日も来たのか、と、思う。

「君専用のソファじゃないと思うんだけど」

僕が言うと、小田島は舌打ちをした。

「ユヅのベッドでもないでしょ。寝転がられるとあたしが座るスペースがないじゃん。すげー邪魔」

「仮にも部長に向かって……」

「あーもーグダグダうっさい！　邪魔邪魔！　ほら、起きろっての！」

業《ごう》を煮やした小田島が、無理やり僕とソファの間に腕を潜り込ませて、ぐいと僕の背中を押し、起こそうとする。

小田島がかがむと、彼女の胸が僕の目の前にある形になった。

第二ボタンまで開いた小田島のシャツから、思い切り彼女の胸元と下着が見えていて、僕は気まずい気持ちで目を逸《そ》らした。途中からは、自分で身体を起こす。

「小田島、第二ボタンくらいは留《と》めなよ」

僕が小田島から目を逸らしながらそう言うと、小田島は怪訝《けげん》そうに僕を見てから、自分の胸元に視線を落とす。

それから、慌《あわ》てて胸元を隠すしぐさをした。

「……最低」

「そんなに開けてる方が悪いでしょ」

「今日の下着、可愛くないし……」

「そういう問題じゃないよね」

抗議の視線を送りながら、小田島が僕の隣にぼふんと腰掛けた。

三人掛けソファとはいっても、二人で座ると思ったよりも距離が近くなってしまい、僕は居心地が悪くなる。

結局立ち上がって、いつも座っているパイプ椅子へと移動した。

小田島はむすっとした表情で、ソファのど真ん中に座り直して、脚を組む。

「で？」

「え？」

「なに黄昏《たそが》れてたわけ」

小田島の遠慮がちな視線がこちらに向いている。

僕はため息をつき、首を横に振った。

「眠いから横になってただけ」

「あんなに目パッチリ開けたまま寝るヤツいないでしょ」

小田島は焦《じ》れたように貧乏ゆすりをしながら僕を睨《にら》んだ。

「水野さんのことじゃないの？」

「……なんでそう思うの」

質問に質問で返すのは意地が悪いと思いながらも、小田島も僕のプライベートな部分に思い切り踏み込んできているので、僕はそのまま口に出す。

僕の質問に対し、小田島はどこかきまりが悪そうに視線をきょときょとと動かした。

なんだろう、と思っているると。

「……昨日、一緒にいるとこ見たから」

「え？」

思わぬ言葉に、僕は素っ頓狂《すとんきょう》な声を上げる。

僕のそんな様子を見て、小田島は少し慌てたように身体の前で手をぶんぶんと振った。

「ほ、ほら、ユヅとあたしって最寄《もよ》り駅一緒じゃん」

「ああ……そうだよね」

昨日、僕と藍衣が一緒に歩いていたのは、まさにその「最寄り駅前」の商店街だった。

なぜか頭から抜けていたけれど、休日にそんなところを歩いていたら、誰かに見られていたっておかしいことはない。

「昨日、商店街をぶらぶらしてたら、たまたま見ちゃって」

「そっか」

特に、小田島は休日家に居づらいというのはよく分かっていたつもりだった。

小田島は少し申し訳なさそうにしていたけれど、二人でいるところを見られたということについて、僕が彼女に怒るようなことは何もない。

けれど、問題は、そのことについて小田島が興味を持っていることについてだった。

いろいろ訊かれるのは、正直、面倒だな、と思う。

「楽しそうにデートしてるように見えたけど？」

小田島のその言葉に、僕は顔をしかめる。

「別に、そんなんじゃない」

「じゃあ、あの後なんかあったわけ？」

「なんでそんなこと訊くの」

僕の声色は、自分が思う以上に冷えていた。

小田島は一瞬たじろぐように言葉を詰まらせたが、すぐに少しムッとしたように語気を強くして言った。

「だから！　そんな顔してるからでしょ！」

「そんな顔って……どんな」

「この世の終わりみたいな顔!!」

小田島は憤《いきどお》ったように大きな声でそう言って、僕の顔を指さした。

何を怒っているんだ。

「いっつも穏やかな顔して、あたしがどんだけここで好き勝手やってても表情一つ変えないくせにさ！」

「だって、どうでもいいでしょ。小田島が部室で何してようが」

「ど、どうでも……」

小田島は口をぱくぱくと開けて、再び言葉を詰まらせる。

実質、機能していない部活だ。

ここが誰かの居場所になるというのなら、別に何をしていようが構わない、と、本心から思っていた。

僕だって、そもそも読書が好きだから読書をしているだけで、「読書部」としての本分を全《まつと》うするためにここで読書をしているのかと問われれば、きっと違う。

小田島は数秒、言葉を失ったように視線を泳がせたが、ようやく口を開いた時には、またその瞳に怒りを宿している。

「だ、だったら余計に！　今あんたに起こってることは〝どうでもよくないこと〟ってことじゃん！」

「……」

彼女に痛いところを突かれて、僕は黙ってしまう。

僕は、昨日、藍衣に自分の気持ちを伝え、明確に彼女を『拒絶』した。だから、ようやく……彼女と、彼女との過去から解放されたように思っていたつもりだった。

だというのに、一日経った今でも、結局彼女のことを考えてしまっている。

「あんたと違って、あたしは同じ空間に辛気臭《しんきくさ》い顔してるヤツがいるのは耐えらんないって言ってんの！」

小田島が僕を指さしながらそんなことを言うので、僕はムッとしてパイプ椅子から立ち上がる。

「じゃあ、今日はもう帰ろうかな」

「そういうことじゃねーッ！」

怒鳴り散らかしている小田島を見て、僕は困惑《こんわく》した。

彼女が何をそんなに怒っているのか、僕には理解できなかった。

「気を悪くしたなら謝るよ。今日は多分ずっとこんな感じになっちゃうから……帰ろうと思う」

僕がそう言うと、小田島は強く首を横に振る。

「違う。そういうことじゃないんだってば」

小田島は必死な様子で、僕を見た。

彼女は、明らかに何かに腹を立てていた。けれど、それは僕が「辛気臭い顔をしている」というそのものに対してではないようだった。

「あたしが言ってるのは！　そんなに顔に出るほど気になることがあるんだったら、ちゃんと解決できるように努力したらいいじゃんってこと！」

小田島にそう言われて初めて、僕は彼女の言いたいことが理解できた。

そして同時に、「なんでそんなことを小田島に言われなくてはならないんだ」という気持ちが湧き上がる。

僕はもう、小田島の思う以上に、すでに苦しんだ。

変えられぬ過去を引きずって、やっと忘れられそうなくらいに時が経った今になって、藍衣は再び僕の前に現れたのだ。

最初は困惑したけれど、僕は彼女との関係を、ようやく明確に断ち切ったのだ。

この胸の痛みだって、きっと、時間が経てば消えてゆく。

だというのに、小田島は、その傷に素手で触れた上に、「その痛みをさっさとどうにかしようとしろ」と言うのだ。

僕は、不快感を露《あら》わにしたうえで、口を開く。

「……そんなこと、小田島に言われる筋合いないでしょ」

僕がそう言い返すと、小田島の瞳が見開かれた。

あっ、と、小さく声が漏れる。

小田島の表情は怒りから一転して、悲しみに染まっている。

僕は今、彼女を傷つけてしまったようだった。

小田島の表情の変化は目まぐるしかった。

悲しみに染まったかと思えば、今度は思い出したかのように、怒りが盛り返してくる。

僕は彼女を傷つけて、そして、再び、怒らせた。

「あっ……そう！　じゃあずっとそこでうじうじしてれば。ソファも返すわ」

小田島は早口に言って、スクールバッグをひっ摑んで立ち上がる。

ドシドシと大きく不機嫌そうな足音を立てながら、小田島は部室を出てゆく。

「最近のユヅ」

小田島は部室の外に立ち、ドアに手をかけながら僕を横目で見た。睨みつけるような視線に、僕は目を逸らす。

「めっっっっちゃかっこ悪い」

そう言って、小田島はバン！　と乱暴にドアを閉めて、大きな足音を立てたまま、廊下を歩いていった。

ため息が出る。

小田島の物言いに腹が立ったのは素直な僕の気持ちの表れだったけれど、それにしても、僕のそれだって、あまりに子供じみていた。

売り言葉に買い言葉で、拗《す》ねてみせただけ。

いつもは他人のことに気を回す余裕があるのに、藍衣が絡《から》むと、僕はてんでダメだった。

自分の感情をまるで制御できていない。

「はぁ……」

僕は一人っきりの部室で、またソファへよろよろと近づき、ぼふんと横になった。

『ちゃんと解決できるように努力したらいいじゃんってこと！』


小田島の言葉が、脳内でフラッシュバックした。

「そんなこと言われたって……」

僕は誰もいないのをいいことに、子供のように呟《つぶや》いた。

「どうしろっていうんだよ……」

解決。

気持ちのいい言葉だと思う。

けれど、この場合の「解決」とはいったい何を指して言うのだろうか。

結局は、僕と、藍衣の気持ちの問題だ。

昨日の僕の言葉で、さすがに藍衣は僕に愛想を尽かしているのではないかと思う。いや、そうであってほしい。

もし、藍衣がまた、僕の前に、いつもと変わらぬ様子で現れるようなことがあれば、僕はどういう態度で彼女と接すればよいのだろうか。

彼女を〝閉じ込めてしまった〟自分に嫌気が差していたのに、再び自《みずか》ら僕の胸に飛び込んでこようとする相手に対して、どうしたらよいのかさっぱり分からない。

本当に、何も、分からなかった。

「……帰ろう」

僕はソファから立ち上がり、部室の施錠をし、教務室へと向かった。

まだ完全下校時刻まで数時間ある。

夏の、そんな時刻は、まだ明るかった。

昇降口で靴を履《は》き替え、グラウンドで練習に励む野球部をぼんやりと眺める。

競技に熱中し、試合に勝つことを明確な目標とする彼らの活動は、僕にはとても眩《まぶ》しく見えた。

僕にも、一心に打ち込める何かがあれば、こんなことでうじうじと悩まなくても済むのだろうか。

考えても詮《せん》のないことを思い始めてしまい、僕は首をぶんぶんと振って、歩き始める。

こんなところで油を売って、突然藍衣に出会ってしまいでもしたら、本当に困ってしまう。

放課後の学校は、彼女の庭だ。

「…………まただ」

僕はため息交じりに、呟いた。

気づけば藍衣のことを考えてしまう自分に、嫌気が差した。

少しだけ歩調を速めて、僕は校門へと向かう。

ちょうど校門を出た辺りで、ポケットに入れていたスマホがぶるりと震えた。

こんな時間に誰かから連絡が来るのは珍しいので、驚いて、スマホを取り出す。

画面には、メッセージアプリの通知が表示されていた。小田島からだった。

『噂だけど、うちのクラスの安藤《あんどう》が、水野さんにめっちゃ惚《ほ》れ込んでるって聞いたよ』

その内容を読んで、僕は鼻からゆっくりと息を吐く。

あれだけ怒っていたというのに、どうしてこんなメッセージをわざわざ僕に送ってくるのかは分からなかったけれど、これも、きっと彼女なりの気遣いなのだと思った。

とはいえ、この内容に対して、僕が返すべき言葉もとくに浮かばず。

『そうなんだ』

とだけ、返す。

ポケットにしまいかけたスマホが、連続で振動した。

『最悪』

『グズの馬鹿』

『教えたからな』

小田島からのメッセージの連投だった。

僕はヘンな猫が親指を立てているスタンプ――これも、小田島からもらったものだ――を押して、再びスマホをポケットにしまう。

「だから……」

僕は眉根を寄せ、深いため息をついた。

「僕には、関係ないでしょ……」

そう、関係ない。

一瞬だけ頭に浮かんだ、藍衣が他の誰かと並んで歩いている光景を、頭を振ってかき消して。

僕はとぼとぼと下校した。

EP.07

〔7章〕

YOU ARE

A story of love and
dialogue between
a boy and a girl with
regrets.

MY REGRET...

「浅田《あさだ》、話があんだけど」

翌日、授業開始前に、僕の机の前に現れたのは、同じクラスの安藤壮亮《あんどうそうすけ》だった。

後ろの席で、ジュッ！　と、残りの少ないパックジュースを吸う音が聞こえた。

安藤は、クラスの中心人物と言っても差し支えない、明るい男子だ。

サッカー部に所属していて、言動は溌剌《はつらつ》としている。だから、男女問わず、学年の中でも人気のある男子だった。

そんな彼が、クラス行事以外で僕に話しかけてくることは少ない。

僕もクラスメイトと関係が悪いわけではないので、もちろん安藤とも席が近くなったり、何か用事があれば会話することはあるけれども、彼がわざわざ僕の机の前までやってきて会話をする……ということは非常に稀だった。

そして、用件はもう分かっている。

小田島《おだじま》が昨日送ってきたメッセージに関係することだろう。

「なに？」

僕は読みかけの文庫本を閉じて、安藤を見た。

安藤はどこかそわそわとした様子で、僕の前に立っている。

「浅田さ、水野《みずの》と知り合いなの？　ほら、３組の」

訊《き》かれて、やっぱりか、と思う。

昨日の今日でこういう話になるのは想定外だったが、藍衣《あい》があれだけ教室の中にいる僕に話しかけに来ていれば、いろいろ邪推してしまうのは仕方のないことだと思う。

「まあ、中学の時にね」

僕が頷《うなず》くと、安藤は「ふーん」と曖昧《あいまい》な相槌《あいづち》を打ってから、僕を横目に見た。

「付き合ってるわけじゃないんだよな？」

安藤に直球で訊かれ、僕は苦笑を浮かべながら頷いた。

「うん、付き合ってないよ」

そう答えるのと同時に、僕の椅子がガン！　と蹴り上げられる。

明らかに後ろの席に座る小田島のしわざだったので、僕は無視をした。

安藤は依然《いぜん》としてそわそわしながら、僕に身体を寄せ、声を小さくして、言った。

「水野、めちゃくちゃ可愛いじゃん？　彼氏とかいないんだったら、俺、本気でアタックしようと思ってさ」

「そうなんだ」

「なんか水野、お前に話しかけてるとこ何度か見たから。一応確認しとこうと思って」

「うん。僕と水野は、何もな……いよ」

言葉の途中でガン、ガン！　と、二度椅子が強く蹴られて、僕はついに顔をしかめて後ろを見た。

「なに」

小田島を睨《にら》みつけると、小田島も負けじと僕を睨みつけた。

「………チッ」

何か言いたげな小田島だったけれど、何も言わずに、代わりに大きな大きな舌打ちをした。

僕はため息一つ、安藤の方へ向き直る。

「僕とは何もないけど……でも、多分、付き合ったりするのは難しいかもしれない」

僕はそう言った。

安藤であれば、あるいは、と、思わないでもなかったけれど。

頭の中で、藍衣と安藤が並んで歩いているところを想像してみても、妙に、しっくりこなかった。

そもそも、彼女の隣に僕が並んでいたことだって、傍《はた》から見れば奇異に映っていたことだろう。

僕の言葉に、安藤は目を丸くした。

「なんで？」

シンプルな質問。

僕は明らかに生意気なことを言ってしまっていたが、彼は気にしている様子はない。

ただ、僕の言葉の内容に対する興味を、彼は示している。

「水野は……なんか、そういうのにあんまり興味ない……と、思うから」

言いながら、僕は言葉が喉《のど》にひっかかるのを感じた。

本当にそうか？　という疑問が湧き上がる。

僕の知る藍衣は、自由で、いつも自分の心のままに行動していて……。


『好きだよ、結弦《ゆづる》』


彼女の言葉が、耳元で、じっとりとした湿度で以《もっ》て再生される。

鳥肌が立った。

そう、心のままに行動する彼女が口にする言葉。

それはすべて、「彼女にとっての本当」なのではないのか。

だとすれば……。

「ん、どうした？」

一人で視線が落ちていく僕の前で、安藤が手を振って、僕はハッとした。

「ああ、うん。とにかく、水野との恋愛は難しい、とは、思う」

僕は言おうとしていたことを思い出すように、そう告げた。

安藤はあっけらかんと、「そうかぁ」と答えてから、にこりと笑った。

「でも、そういう恋愛っけがない子を振り向かせるのも、ドキドキして楽しいよな」

その言葉を聞いて、僕は呆気《あっけ》に取られて口を開けたままにしてしまう。

彼の口にした言葉は、あまりに、僕の中にはない輝きを秘めていた。その力強さに、僕はただただ、圧倒される。

「そ、そっか。うん、頑張って」

「おう、ありがと！」

安藤は爽《さわ》やかに笑って、僕の席から離れていった。

僕は、椅子の背もたれに体重を預けて、深く、息を吐く。

ああいった前向きさが僕にあったなら。

少しは、藍衣と、違う結果になっていたのだろうか。そんなことを考える。

「……ほんと、馬鹿」

後ろから聞こえてきた小さな呟《つぶや》きを、僕は、聞かなかったフリをする。

僕は本当に、みっともない。

×　×　×

あっという間に、放課後だった。

授業のノートはまめに取ったけれど、内容はほとんど覚えていない。

板書を写し、出された問題を解きながらも、僕はどこか、一日中上《うわ》の空だった。

安藤は、言ったことはやるタイプの人間だ。

近いうちに藍衣をデートに誘うなりして、どんどんと距離を詰めてゆくのだろう。

その時、藍衣は、どうするのだろうか。

僕には関係ない。

昨日、繰り返し自分に言い聞かせた言葉が、今になって、重く心にのしかかる。

そう、関係ないのだ。

僕と藍衣は、過去に付き合ったことがあるだけで、もはや、彼女の今後に、僕は関係がない。

彼女との過去を重圧に感じて、そこから逃れたくて、藍衣に一方的に拒絶の言葉を叩きつけ、彼女との関係を断ったはずだった。

それで楽になれると、思っていたのに。

今度は、絶ってしまった彼女との関係について、僕は思い悩んでいる。

堂々巡りだ。

僕はなんだかんだ言って……まだ、藍衣のことが好きなのだと思う。

情けないことこの上なかった。

スクールバッグにぐいぐいと教科書やら文庫本やらを詰め込んで、立ち上がる。

こんな日は、静かな部室で、文字の上に身をゆだねてしまいたい。

どうせ読書にも集中できないのだろうけど、それでも、何もせず悶々《もんもん》と同じことを考え続けるよりはずっと楽だ。

教室を出ようとすると、同じくスクールバッグに荷物を詰めていた小田島が僕の袖《そで》を引いた。

「待って、あたしも行く」

僕は思わず、表情を固くしてしまう。

また小言をちょうだいするに違いない。そう思ったからだ。

けれど、そんな僕を見た小田島は少し傷ついたように表情を歪《ゆが》めて、口を結んだ。

僕は、ゆっくりと息を吐いて、首を横に振る。

「ごめん、待つよ」

部室に行く、という部員に対して、嫌な顔をするなんて、なんという部長だろう。

僕が言うと、小田島もかぶりを振って、視線を床の上でさまよわせた。

「き、昨日みたいに怒鳴ったりしない」

「いや、大丈夫。小田島の言ってること、多分正しいから」

分かっていた。

自分を客観視できていない僕よりも、小田島の言うことの方が、きっと正しいのだ。

ただ、僕に、それを認める度量がないだけで。

荷物をまとめ終え、小田島が立ち上がるのに合わせて、僕は教室を出た。小田島も、僕の後ろから控えめについてくる。

そして、廊下に出ると、並んで歩いてくる二人組の生徒が目に入った。

「あ……」

そのうちの一人が、僕を見て、立ち止まった。

藍衣だった。

そして、その隣には、安藤。

「小田島さんと……結弦……」

藍衣は、おずおずと片手を上げて、ぎこちなく微笑む。

「……水野」

僕がそう小さく零《こぼ》すと、藍衣はぴくりとわずかに身体を跳ねさせた後に、複雑な表情で、うつむく。

彼女に求められたように、「藍衣」と呼ぶこともできたはずなのに、僕はなぜか、そうしなかった。

「ふ、二人はこれから部活?」

パッと顔を上げて、藍衣が僕と小田島に声をかけた。

「そうだよ」

僕が頷くと、藍衣はぎこちなく笑って、頷き返す。

「そうなんだ。私は……」

「俺とデート、してくれるんだよね?」

安藤が、藍衣の言葉に割り込むように、そう言った。

デート。

その言葉に、僕は胸の奥がズキリと痛むのを感じる。

藍衣は慌《あわ》てたようにぱたぱたと手を振る。

「や、デートじゃないけど……まあ、遊ぶだけならって。どこでも付き合ってくれるって言ってたし……」

「もちろん、水野の好きなところに行こうぜ。可愛い子と一緒なら、きっとどこでも楽しいし」

安藤は爽やかに、そんなことを言ってのける。

歯の浮くようなセリフだったけれど、不思議と、嫌味な感じがしない。板についていた。

藍衣と一緒なら、どこでも楽しい。

僕も、そんなふうに思っていた時期があったことを思い出す。

余計な感情が生まれなければ、僕と藍衣も、ずっと一緒にいられたのだろうか。

「じゃ、そういうことだから」

安藤は片手を上げて、僕にウィンクをした。

そして、通りすがりざまに、小さな声で「今度なんか奢《おご》る」と言い残して、廊下を歩いていく。

藍衣は一度だけ僕の方を振り返って、そして、気まずそうに眼を逸《そ》らした。

その後ろ姿を、ぼんやりと見送っていると、急に、脇腹をゴン、と小突かれた。肋骨《ろっこつ》の端にごつりと当たった膝《ひざ》はとても痛くて、僕は声を上げてしまう。

「痛っっ！　なんだよ！」

「あんた馬鹿じゃないの？　ほんっっっっとにいいわけ？」

隣で、小田島が鬼の形相《ぎょうそう》で僕を睨んでいた。

ほら、やっぱり怒るじゃないか。

僕は、唇を尖《とが》らせて、首を横に振った。

「いいも悪いも、僕には関係な――」

「関係ないって思ってるヤツの顔じゃないだろ!!」

小田島が怒鳴ると、周りの空気がピリピリと振動した気がした。

教室の中で談笑をしていたクラスメイトたちが、驚いたように僕たちの方を見る。

それに気づいた小田島は、気まずそうにこほんと咳払《せきばら》いを一つしてから。

「部室、行くよ」

と、言った。

僕が眉を寄せて「怒鳴られるのは嫌なんだけど」と返すと。

「怒鳴らないっつってんじゃん!!」

と、小田島が怒鳴った。

僕も僕でみっともない、と、自覚しているけれど。

小田島は小田島で、短気すぎやしないか、と、思った。


「最近のユヅを見てると、めっちゃイライラするんだよな」

部室に着くなり、小田島は僕を横目に見てそう言った。

授業中閉め切られている部室は、むわっとした湿度に満たされていて、けれど、エアコンを回すほどの暑さでもなかった。

僕は小田島の言葉を聞きながら、部室の窓を開ける。

湿っぽい、夏の風が部室に流れ込んできて、少しだけ、息がしやすくなった気がした。

風に揺れるくせっ毛を、鬱陶《うっとう》しそうに後ろに撥《は》ねのけて、小田島はソファに腰掛ける。

「ユヅは」

小田島は視線を床に落としながら、言った。その声は大きくなかったけれど、狭くてしんとしている部室の中では、はっきりと聞こえる。

「ユヅは、いつも冷静でさ、客観的に物事見ててさ……他のヤツとは違うじゃん」

その言葉に、僕は目を丸くして、首を横に振った。

小田島からそんなふうに評価されていたなんて、知らなかった。

「そんなことない」

「ユヅは、なんにも分かってない！」

僕の言葉にかぶせるように、小田島は声を荒らげた。それからすぐに、ハッとしたように口元に手をやった。

「……ごめん」

それは、「怒鳴らない」という約束を破ったことについての謝罪だと、分かる。

「いいよ、怒ってるんだろ」

僕が言うと、小田島は頷いて。そして、すぐに首を横に振った。

「……怒ってるっていうか、イライラしてる」

「それは……僕が、君の思うような僕じゃないと分かったから？」

また、冷えた声を出してしまう。最近の僕は、自分の放出する感情をまったく制御できていなかった。

小田島は一瞬言葉を詰まらせるが、すぐに、ふるふるとかぶりを振った。

「……あたしが、知らなかっただけで。きっと今のユヅも、ユヅなんでしょ。それはいいよ、別に」

小田島はそう言ってから、また、視線を床に落とす。

落ち着きなく動き続けるその瞳は、必死に、言葉を選んでいるようだった。

「さっき、あたし……あんたに『なんにも分かってない』って言ったけど……あたしだって、多分、なんにも分かってない」

彼女の視線が上がり、僕を見た。

「だから……教えてよ。ユヅと、水野さんのこと」

小田島のその目はあまりにまっすぐこちらを見つめていて、僕は逃げ場を失ったように狼狽《うろた》えた。目を逸らしたい。けれど、できない。

今まで、小田島が僕に何かを『求める』ことなどなかった。

いつもふらふらとしていて、たまに顔を出す野良猫のような少女。それが小田島だった。

だというのに、ここ最近の小田島は、僕のことになるとすぐ声を荒らげて、その声と、瞳で、猛烈に何かを訴えてくる。

そして、僕のみっともない物語を聞かせてくれ、と、言ってくるのだ。

「な……」

僕は、声を絞り出した。

でも、出てくる言葉は、やはりこの場から逃げ出そうとする気持ちばかりで。

「なんで、そんなこと……知りたがるんだよ」

僕が言うと、小田島は真剣な表情のまま、言う。

「ユヅが悩んでるから」

「でも、そんなの……」

僕が言いかけると、小田島の表情の温度が急激に上がるのが、僕の目からも分かった。

「あたしには関係ない、なんて言わないで！」

はっきりとした、拒否の言葉だった。

まさに僕が言おうとしたその言葉を、小田島は先回りして封じてくる。

小田島は、なぜか、泣きそうだった。

どうして君が、そんな顔をするんだ。

「そりゃ、そうだよ。他人のことなんて、たいていのことは、関係ないよ。でもさ……違うじゃん……」

小田島は泣きだしそうになりながら、絞り出すような声で、言った。

「あたしとユヅは……お、同じ……部活の仲間、なんじゃないの……？」

その言葉に、僕はハッとする。

そうだった。

小田島が今よりももっと『幽霊部員』であった頃。

雨でびしょ濡れになりながらこの部室に駆け込んできて、「何も訊かないで」と言った彼女に……僕は、同じ言葉をかけて、彼女の心の言葉を引き出した。

あれも、同じだ。

僕には関係がなかった。

でも、僕は、知りたかったのだ。

雨に濡れながら途方に暮れている小田島の、その悲しみの一端を少しでも掬《すく》い取れたら、彼女が全身から放っていた絶望を、少しでも晴らしてあげられるんじゃないか、と。

分不相応に、そう思ったから。

「……そうだね」

僕は観念して、首を縦《たて》に振る。

最初は、小田島が、興味本位で僕と藍衣のことについて知りたがっているのだと思っていた。

けれど、きっと、そうじゃない。

僕は無自覚に、小田島に相当心配をかけてしまっていたようだった。彼女の必死な言葉で、ようやく、それを理解した。

「分かった。話すよ……でも、面白い話じゃないよ」

「そんなの分かってる。……でも、聞きたい」

「そっか。うん……」

僕はパイプ椅子にゆっくりと腰掛ける。

それから、少しの間、テーブルの上に視線を這《は》わせてから。

ゆっくりと、藍衣と自分の、過去について、小田島に話しだした。

×　×　×

「そういうわけで……僕と藍衣は別れた。で、その数週間後に、彼女は親の都合で転校していったんだ」

僕が事の顛末《てんまつ》を話し終えるころには、外はすっかり暗くなり、天気も悪くなってきていた。

窓から、ぽつぽつと雨が地面に当たる音が聞こえてくる。

横目で外を見ると、目で捉《とら》えられるほどに大きな雨粒が空から降ってきていた。

「で、この前藍衣が転校してきて、思わぬ再会をした」

「うん」

「彼女は……まだ、僕のことが好きだって……言ってた」

「でしょうね。見りゃ分かるよ、それは」

話を続ける僕に、小田島は最低限の相槌を打ち続ける。

時々彼女の表情は変化したけれど、話の腰を折るような口を挟むことはなかった。

「僕は……」

すべてを話し終え、僕はため息にも似た、かすれた声で言った。

「僕には……彼女と一緒にいる資格はないよ」

そう僕が言うと、小田島はなんともいえない表情を浮かべて、黙っている。

「藍衣は、自由に生きるのが自分の哲学だって、はっきり言ってた。僕もそれが分かってる。でも……僕は、彼女が自由でいることを邪魔してしまう」

僕は、視線を落としたまま、おもむろに言った。

「それが……僕には耐えられない」

僕がそこまで言うと、それまで神妙な顔で話を聞いていた小田島の眉が、ぴくり、と動いた。

そして、ぽつり、と、言葉を零す。

「……そこが本音じゃん」

「……え？」

話を聞くのに徹してくれていた小田島がようやく発した意見が、それだった。

「その〝耐えられない〟っていうのが、ユヅの本音でしょ？」

「そう……だけど」

「じゃあ、さっきまでの長〜〜〜〜〜い話はなんだったわけ？」

「え？　どういう……」

戸惑《とまど》う僕に対して、小田島の言葉には少しずつ熱が籠《こも》り始めていた。

「だからさ！　彼女が自由でいるのが好き、とか、自由でいることが彼女の人生だ、とか！　綺麗なこといっぱい言ってたけどさ！」

小田島はソファから立ち上がり、こちらに詰め寄ってきて、真正面から僕の目を見つめた。

「要は、ユヅは水野さんのこと、独り占めしたかったんでしょ」

僕は息を大きく吸い込んだ。

その通りだった。

その大きすぎて、傲慢《ごうまん》な欲求を、僕は制御できなかった。

だから……。

「それの何が悪いの？」

小田島は、僕の思考を遮《さえぎ》るように言った。

「……え?」

　僕は間抜けな声を上げる。

　小田島は深く息を吸い込んで、今度は隠しもしない怒気を含んだ声で、言った。

「だから、それの何が悪いのかって訊いてんの!」

　僕は何も言えずに、ただただ目を大きく見開いて、小田島を見た。

　彼女はもどかしそうに、言葉を続ける。

「水野さんは、ちゃんとユヅのこと好きだったんだよ。でも自由に生きたくもあった。それだけでしょ。両方の気持ちがあったっておかしくない」

「でも、だから、僕が彼女の自由な生き方を邪魔したら、彼女は……」

「そ~いうことじゃ……ないだろッ!」

　小田島は怒鳴り声を上げて、僕の座るパイプ椅子を思い切り蹴りつけた。その力は思ったよりも強くて、僕は「うわ!」と声を上げながら、パイプ椅子ごと床に倒れ込む。

　小田島はパイプ椅子を足でガタリとのけて、床に尻餅《しりもち》をついた僕の胸倉《むなぐら》を掴み上げた。第二ボタンの留《と》められていないシャツから、またも思い切り小田島の胸元がのぞいている。

「水野さんも!　ユヅも!　二人でいることを選んだんだろッ!」

　小田島が叫んだ。

　僕は、息を吸うことも忘れて、呆然と小田島の目を見ている。

二人でいることを選んだ。

付き合うというのは、きっと、そういうことだ。

そう、選んだ。選んだ末に、後悔したんだ。

小田島は、その瞳にじわりと涙を浮かべながら、必死に言葉を続ける。

「二人は別々の〝宇宙〟を持ってて、それは違う輝きを持ってて！　でも、ひとたび一緒の〝宇宙〟になったら、どっちかの輝きに合わせないといけないの!?　違うでしょ！」

小田島の目は真剣そのものだった。

怒っている。でも、それはただの怒りではなく、本気で僕を諭《さと》すものだと、分かった。親に叱《しか》られている子供のように、僕は何も言えずに、彼女の言葉を聞いている。

「水野さんは、わがままだったんじゃん！　ユヅのこと振り回して、それでいて、自分が楽しければユヅも同じように楽しいはず、って勝手に思ってたんだ！」

「それは、僕が彼女に合わせられなかったから……」

「違う！　それは違うッ！　ほんと馬鹿ッ！」

小田島は僕の襟首《えりくび》を掴んだまま、ゆさゆさと揺さ振る。

「ユヅも、わがままになるべきだったんだよ！　なんで、なんで……駄々こねなかったんだよ！」

小田島の叫びに、僕はハッとする。

確かに、僕は……限界まで、藍衣に何も言わなかった。

日々蓄積していく彼女への不満を、『それが彼女の魅力だから』と飲み込んで、一人で抱《かか》え込んで……そして、ついには、耐えられなくなった。

「もっと自分のこと見てくれよ、もっとこっちの都合も考えてくれよ、って！　なんで言わなかったんだ！　弱虫ッ！」

小田島が叫ぶ。彼女の勢いはとどまるところを知らない。

小田島の言葉は、僕の胸にぐさりと刺さった。「弱虫」という言葉が、僕が押し殺していた怒りを、むくむくと膨張させる。

彼女の言うことは、きっと、正しい。

でも、僕がどれだけ苦しんだか、彼女は知らないじゃないか。

どうしてそんなことまで言われなければならないんだ。

そう思った。

「違う！」

気づけば、僕も叫んでいた。小田島の目が大きく開かれる。

「どれだけ好きだって思っても、相手の生き方を変えさせてまで一緒にいようとは思わない！」

僕がそう怒鳴ると、小田島は一瞬たじろいだようにグッと奥歯を噛んだが、すぐに首を横に振りながら、声を上げた。

「そうやって、全部あんたが決めたんでしょ！」

「……ッ！」

違う。

と、叫びたかった。

でも、できなかった。

「ユヅはそうだったかもね！　じゃあ水野さんはどうなんだよ！」

「あ、藍衣は……」

僕の語気は、どんどんと弱くなった。

僕は、藍衣に自由なままでいてほしいと思った。彼女を自分という檻《おり》に閉じ込めて、不自由な思いをさせることは、彼女にとってよくないことだと思った。

でも、藍衣はどうだったのか。

言われてみれば、藍衣が僕のことをどう思っていたのか、僕は知らない。

好きだ、という、そんなシンプルな言葉でしか、聞いたことがなかった。

「一言でも言われたの⁉『私の人生に口を出すな』って！『あんたはそこで自由な私をずっと肯定《こうてい》してればいいんだ』って‼」

「そんな、ことは……」

「全部、ぜ〜〜〜んぶ！　あんたが、勝手に、決めたんでしょ！　相手の気持ちを推《お》し量るみたいな顔して、勝手に距離を取ったんだ！　そんなお別れが……水野さんにとって……」

怒りに任せて叫んでいた小田島の表情が、ぐにゃりと歪む。

その瞳には、たっぷりの涙が溜まっていた。

「嬉しいわけ……ないじゃん……」

ゆるやかに、小田島が僕の胸倉を掴む力が弱まっていく。そして、手を離されて、僕はこつんと、床に軽く頭をつく。

小田島は、泣きだしていた。

ぽろぽろと涙を流しながら、ぺたんとお尻をついて、嗚咽《おえつ》を漏らしている。

僕はそれを見て、おろおろしてしまう。彼女が泣いているのを見るのは、あの大雨の日以来だと思った。

「な、なんで小田島が泣くんだよ……」

「……馬鹿、見んな」

小田島は僕に背を向けて、ごしごしとカーディガンの裾《すそ》で涙を拭《ぬぐ》う。

ぐすぐすと小田島が洟《はな》をすするのを聞きながら、僕は頭を床につけたまま、放心していた。

他人の領域に踏み入らないことが、『優しさ』の一つだと思っていた。

僕の親はかなり放任主義で、勉強さえしっかりしていれば、細かいことに口を出してこないタイプだ。中学生になった頃は、親のそういうところにとても感謝していたし、おかげで、生活の中でストレスを感じることはほとんどなかった。反抗期らしい反抗期も、僕には訪れなかった。

そんなゆるい環境で育った僕は、学校の友達から「親がうるさくてさ」という話を聞くたびに、大変そうだな、と思ったし、生き方に口出しされないのがどれだけ恵まれていることなのかを知った。

で、あったからなのか、僕は、基本的に他人の〝在《あ》り方〟に口を出すのは、野暮《やぼ》なことだと思うようになっていた。

いや、それは今でも、そう思っている。

読書をしていても、僕は他人の在り方をありのままに受け入れられる登場人物に出会うたびに「大人な人だなぁ」と思ったし、自分自身もそういう生き方をしたいと思っていた。

でも、小田島の言葉に、ハッとさせられた。

僕と藍衣は、付き合うことを決めた時点で、もう「他人」とは言えなかったのではないか。友達から始まって、でも、友達という括《くく》りでは収まらないくらい、二人の絆《きずな》は大きくなった。もっと深い仲になりたくて、藍衣は僕に告白をしたのかもしれない。

藍衣と過ごす日々は、とても楽しかった。

〝いつもの風景〟の中に、新鮮な驚きとみずみずしさがあって、僕は新しい世界を見たような気持ちになった。

もしかしたら、藍衣も同じだったのかもしれない。

僕は、世間一般に言う「恋愛」という形に囚《とら》われて、付き合い始めても何一つ変わらない藍衣に対して、不満を募《つの》らせた。

でも、同時に、僕は藍衣の何ものにも囚われない自由なところが好きで、それで付き合い始めたのだから。

そんな彼女の生き方に口を出してはいけない、と……強迫観念のように、そう思い込んでいた。

でも、僕と藍衣は、『恋人』だったのだから。

必要なのは、我慢ではなくて、お互いの価値観をすり合わせる対話と、そのための時間だったんじゃないのか。

そこから目を背《そむ》けて、相手に譲歩するふりをして、逃げ出したのは僕だった。

僕には、〝他人の人生に参加する〟覚悟が……あまりにも足りていなかったんじゃないのか。

僕はようやく息の吸い方と吐き方を思い出したように、深く、呼吸をした。

少しずつ意識が、部室の中へと戻ってくる。

僕がゆっくりと身体を起こすと、それに気がついたように、小田島はびくりと身体を跳ねさせて、おずおずとソファの方へ移動した。

そして、ぽつりと、

「……また会えたんだから」

そう言って、大きな音で、ズッ、と洟をすする小田島。

「だから……ちゃんと話しなよ、二人で。これからも毎日毎日そんな暗い顔されたら……たまったもんじゃない」

「……うん」

小田島の言葉に、僕は深く、頷いた。

それきり、長いこと、僕と小田島は黙っていた。

窓から、しとしと降る雨の音が聞こえてくる。

気づけば、部室の中には、雨がグラウンドの土に染《し》みて、その熱で揮発される際に生まれる、独特でどこか懐かしいような香りが充満していた。

「……ユヅ」

小田島が弱々しい声で呟く。

「……ごめん。怒鳴ったし、暴力振るった」

「……いいよ、僕も、ごめん」

かぶりを振って、僕も頭を下げる。

小田島がここまで激しく憤るのは、僕も初めて見たけれど……それらはすべて、僕のためを思ってのことだと、痛いほど分かっている。

「あたし、カッとなるとすぐこうなっちゃう」

落ち込んだように首を垂れる小田島。

怒りだしたと思ったら、今度は急にしゅんとし始める小田島に、僕はどう声をかけていいか分からなくなった。

散々迷った末に、僕はおずおずと、彼女のワイシャツを指さした。

「とりあえずさ……第二ボタンは、留めなって」

僕がそう言うと、小田島はハッとしたように胸元に視線を落としてから。

スン、と鼻を鳴らして。

「……今日は可愛い下着だったから、別にいい」

とだけ、言った。

EP.08

〔8章〕

YOU ARE

A story of love and
dialogue between
a boy and a girl with
regrets.

MY REGRET...

部活を終え、学校を出るころには、外は土砂降りになっていた。

夏らしい、じめじめとした、激しい雨だ。

「あちゃー、めっちゃ降ってる」

小田島《おだじま》は小さな折り畳み傘をバッグから取り出しながら、僕を見る。

「一緒に入る?」

訊《き》かれて、僕は首を横に振った。そして、昇降口の端を顎《あご》で指す。

「いや、最寄《もよ》り駅からは別方向でしょ。貸し出し傘借りてくよ」

この学校の昇降口には、長い間置きっぱなしになっている持ち主不明の傘がまとめてある。「貸し出し傘ボックス」という名のそれは、こういう突然の雨の時にそこから傘を借りて帰っていいというきまりになっていた。

僕がボックスから傘を一本抜くのを見て、小田島は「あっそ」と唇を尖《とが》らせる。

「美少女とちっちゃい傘で相合傘できるチャンスを逃すなんて、ユヅは欲がないね」

小田島がいたずらっぽく微笑むので、僕も薄く笑って、頷《うなず》く。

「確かにね」

僕が頷くのを見て、小田島は眉を寄せてから、顔を赤くした。

「……今のはツッコむところですけど」

「そうだった？　ごめん」

からかってきたのはそっちだというのに、照れないでほしい。

初めての大喧嘩を終え、おとなしくなった小田島は、改めて見ると、控えめに言っても、確かに美少女だった。

ギャルめいたファッションと、人を寄せつけないぶすっとした表情のせいであまり周りに人がいる印象はないけれど、僕はすでに、クラスの男子数名が「小田島、いいよな……」と言っているのを聞いたことがある。

「小田島、運動部とかに入ってたらすごいモテるんだろうな」

僕が言うと、小田島は眉を吊り上げて、片脚で地面を強く踏んだ。タン！　とタイルの音が鳴る。

「もう！　いじるなっての！　その話は終わったの！」

「ふふ。あ、そう」

鼻を鳴らして傘を開こうとすると。

僕は、まだ彼女に言うべきことを言っていないということを思い出した。

「小田島」

「うん？」

「……ありがとう」

僕が言うと、小田島は目をまんまるに見開いてから、ぷい、と顔を逸《そ》らした。

「は？　何がだし」

分かってるくせに、と、思ったけれど、僕はそれ以上は何も言わずに、傘を開く。

まったく弱まる気配のない雨脚の中で、僕と小田島は、久々に一緒に下校した。


最寄り駅で小田島と別れ、馴染《なじ》みのある帰路につく。

雨は弱まるどころか、激しくなる一方で、ばちばちとビニール傘に雨粒が当たる音を聞きながら、僕はゆっくりと歩いた。

傘をさしていても足元はすっかり濡れてしまっていて、靴の中がぐちぐちとぬかるむ。歩きづらさを感じながらも、「夏だなぁ」と思った。

ふと、藍《あい》衣のことを思い出す。

営業時間を終え、シャッターの閉じた郵便局の前。

他の建物よりも庇《ひさし》が大きいその建物を見て、僕は彼女とそこに駆け込んだ記憶を思い返していた。

その日も、夏に差し掛かる頃の、暑い日だった。

二人で公園で談笑をし、その帰りに、僕たちは突然の大雨に見舞われた。

「今日、ずっと晴れって言ってたのに！　すごい雨！」

雨に降られながら、藍衣は楽しそうに笑っていた。僕も彼女につられて、笑った。いっそ笑えるくらいに、バケツを引っくり返したような雨脚だったのだ。

「あそこ！　ちょっと雨宿りしよ！」

藍衣は郵便局を指さして、けらけらと笑いながら走ってゆく。僕もその背中を追いかけて、二人でその庇の下に駆け込む。

「タオルあるよ。ちょっと僕の汗がついちゃってるけど」

僕はスクールバッグから、親から持たされていた汗拭《あせふ》きタオルを取り出して、藍衣に渡した。

「いいの？　借りるね？」

藍衣は僕からタオルを受け取るなり、すぐに、顔を拭いた。

僕の汗がついてるって言ったのに、と思ったけれど、僕の汗を気にせず顔を拭く彼女を見て、僕は少し嬉しかった。

ふと視線を落とすと、藍衣のワイシャツはぴったりと彼女の体に張りついていて、透けて見える白い肌着と、そこから肩にかけて伸びる下着の紐《ひも》にドキリとして、僕は目を逸《そ》らした。

「雨って、楽しいね」

藍衣が声を弾《はず》ませながら、そう言った。

「楽しい?」

「うん、突然の雨は、もっと楽しい」

藍衣はしみじみと、そう答える。

そして、ざばざばと容赦なく雨粒を地上に落とし続ける雨雲を見上げながら、言った。

「勝てないなぁ、って思うんだよ」

藍衣の言葉は、雨音の中に溶けてゆくようだった。自然で、かざらない、そんな言葉。

「私たちが逆立ちしても、自然には勝てない。それを思い知らされるみたいでさ」

藍衣は目を細めながら、そんなことを言う。

僕は、雨に対して何の感慨も湧かなくて、特別雨の日が嫌いということもないけれど、雨に濡れるのは鬱陶《うっとう》しいなぁ、くらいにしか思っていなかった。

でも、藍衣は僕がそんな平々凡々なことを考えている間に、もっとスケールの大きいことを考えて、それを楽しんでいる。

びしょ濡れになりながらもうきうきとした表情を崩さない藍衣の横顔を盗み見て、僕こそ、「勝てないなぁ」と、思った。

「お日様に照らされてるだけじゃ、そういうのって分からないじゃん。だから、雨の日って楽しい」

藍衣はそう言って、僕の方を見た。突然視線が合って、僕は慌《あわ》てて目を逸らす。

「結弦《ゆづる》は？　雨の日、好き？」

藍衣に問われて、僕はしばらく言葉を選んだのちに、結局、素直な感想を口にした。

「分からない。考えたこともなかったよ」

「そうなの？」

「うん。好きでも嫌いでもなかった。ああ、雨が降ってるなって」

「ふふ、そうなんだ」

藍衣はくすくすと肩を揺すってから、また空を見上げた。

「結弦って、そこにあるものを、そのまま受け止めてるよね」

「え？」

「みんなさ、雨が降ったら、何かしら心動かされるものだと思うよ。雨に濡れるのが嫌な人は『げぇ』って思うし、私みたいに雨が好きな人は『やったー！』ってなるの」

藍衣は楽しげにそう言って、ちらりと横目で僕を見る。優しいまなざしだった。

「でも、結弦は、『雨が降ってるなぁ』って思うんでしょ？　あはは、神様みたい」

そう言って笑う藍衣。

神様みたいだというなら、君の方が、そうだろう。僕は、そう思った。

何もかもを受け止めて、楽しんで、僕が考えるよりもずっと、いろんなことを考えている。

だから毎日飽きなくて、いろいろなことに興味があって……ひとところに留《とど》まることを知らない。

僕は、藍衣に心焦《こ》がれるばかりで、ただただ、彼女から放たれる光を浴びている。

太陽のように彼女を照らすこともなく、彼女の心に雨を降らすこともなく。

ただ、隣にいるだけだ。

「結弦」

ふいに、藍衣が僕にこつん、と肩を当てた。

人懐《ひとなつ》っこい猫が、飼い主に頬ずりをするような仕草だった。

「今日、雨が降ってよかったなぁ」

藍衣は、口ずさむようにそう言った。

僕は、無言で、藍衣の横顔を見る。

「だって……」

その丸い瞳が、僕をとらえて、そして柔らかく細められた。

「雨が好き、って話。君と一緒に、できたから」

僕は、胸がぎゅう、と締めつけられるような気持ちになった。

恋だ。

僕は藍衣に恋をしている。分かっていたけど、激しく自覚した。

僕はどうしたらこの子の隣に居続けることができるのだろう。

そんなことを考えていた、その時に。

藍衣は、祈りのように、

「これからもずっと……こういう景色を、結弦と見たいな」

そう呟《つぶや》いた。

僕はドキドキとしながら、少しだけ、彼女の肩に自分の肩をぐい、と押しつけて。

「僕もだよ」

と、返した。


ざあ、と雨脚が強まる音がして、僕はふと、我に返った。

気づけば、郵便局の前で立ち尽くしていたのだ。

「……懐《なつ》かしいな」

呟いて、僕はまた歩き始める。

結局、僕の立ち位置は、ずっと変わらぬままだった。

彼女の隣に立ち続けて、それ以外の在《あ》り方が分からなくて、分からないままに、逃げ出した。

藍衣は、僕が去っていくのを、どんな気持ちで見つめていたのだろうか。

裏切られた……と、思っただろうか。

そんなことを考えながら商店街を歩いていると、ふと、〝あの公園〟へ続く坂道の真ん中にいる人影が目に留《と》まった。

こんな土砂降りの日に、坂の途中で、傘もささずに立ち尽くしている人物は、あまりに不自然で……ついつい目を凝《こ》らして、その人物を見る。

そして、すぐに、それが自分の見知った人物だと気がついて、心臓が跳ねた。

「み、水野《みずの》……？」

小さな声で、坂の途中に立つ人物を呼んだけれど、彼女はぼーっと立ち尽くしたままで、僕に気がついた様子はなかった。

「み……」

もう一度、呼びかけようとして、僕は唾《つば》を飲む。

そして、今度は、もっと、大きな声で呼んだ。

「藍衣！」

ぴくり、と、彼女の肩が跳ねた。そして、僕の方を振り向く。

その目が丸く見開かれて、信じられないものを見た、というような表情がそこに浮かぶ。

「結弦……？　どうして」

どうしてって……この通りは僕の通学路なんだから。

そんな当たり前な言葉が口から出ようとするのを押しとどめて、僕は、藍衣に駆け寄った。

遠目に見ても、彼女はびしょ濡れだった。そんなくだらない問答をしている場合ではない。

「何してるの！　ずぶ濡れじゃないか！」

僕は彼女に傘を差し出す。しかし、藍衣は力なく首をふるふると横に振った。

「雨に濡れたい気分だったから、いいの」

「濡れるとかいうレベルじゃないでしょ。風邪《かぜ》ひいちゃうよ」

「結弦が濡れちゃう」

「ああ、もう！」

頑《かたく》なに傘を拒《こば》む藍衣に焦《じ》れて、僕はぐいと身体を彼女に寄せ、相合傘になる形で藍衣を傘に入れた。

藍衣は、僕を横目に見て、弱々しい微笑みを浮かべた。

「ふふ……優しいね、結弦」

「こんなところで何してるの。安藤《あんどう》は？」

「もうとっくに解散したよ」

「じゃあ、なんで、こんなところに……」

言葉の途中で、僕と藍衣の視線がぶつかる。彼女の濡れた目元は、真っ赤になっていた。腫れぼったい涙袋。

「……どうしたの？」

藍衣は、この雨の中、傘もささずに泣いていたのだ。

僕が思わず訊くと、藍衣は目を伏せ、視線が地面に落ちる。

「怒られちゃった、安藤くんに」

「お、怒られた……？　どうして」

僕が訊くと、藍衣は、視線を落としたまま、小さく言う。

「私が……結弦の話ばっかり……するから、って」

その言葉に、僕はハッ、と息を吸う。

どうして。

という言葉が出かかって、それを止めた。

なんで、イケメンとのデート中に僕の話なんて。そう訊きたかったけれど、力なく視線を落としている彼女に、今、その問いを投げかける意味があるのか、分からない。

「私ね」

藍衣が、ぽつりと、零《こぼ》す。彼女の小さな声は、激しい雨と一緒に地面に落下していくようだった。

「この町が大好きだなぁ、って、そう思ってたの」

そう言って藍衣が視線を向けた先には、郵便局がある。その庇は、ここにいてもはっきり聞こえるくらいに、バチバチと雨を弾いて、大きな音を立てていた。

「だから、お父さんの転勤で、この町の近くに戻ってこられるって知って、嬉しかった……ここは、私の思い出の町で、きらきらしてるから」

藍衣の目が小刻みに揺れている。うっすらと涙を纏《まと》う瞳は、街灯の光を反射してきらきらしていたけれど、そこに、いつものような輝きはない。

「今日、安藤君が、どこでも好きなところに付き合うって言ってくれたから、私は、この商店街を……彼と一緒に歩いたんだ。ここは、私の、好きなところだから」

藍衣と安藤が、この商店街を、並んで歩く。

その姿を想像して……僕は強烈な違和感を覚えた。

映像としては想像できる。でも……頭に浮かぶその映像は、どこかぼんやりとしていて、ストンと胸に落ちない。

藍衣は、どこか暗い笑みを浮かべて、言う。

「安藤君、気さくで、とってもいい人だった。お話するの、楽しかった。でも…………びっくりするくらい、違ったの」

「違う？」

藍衣は頷く。

「うん…………彼と歩くこの町。思い出と全然違って、なんにも新鮮じゃなくて。知らない町に迷い込んだみたいな気持ちになった」

藍衣の肩が、小さく震えている。そして、彼女の声も。

「わた、私ね……」

藍衣の目が、再び、潤《うる》み始めたのが分かった。彼女の瞳に、ちらちらと光が反射する。

「ずっと……一人でもへっちゃらだって、そう思ってた。一人なら、誰にも邪魔されずに好きなことができて、そこで私が得たものは全部私のもので、大切な宝物になっていくんだから、って…………でも……でも……ッ！」

そう言って、バッと顔を上げた藍衣。

涙をいっぱいに溜めたその瞳が、僕を見た。

「この町の思い出は、結弦でいっぱいなんだもん……ッ！」

藍衣が絞り出すようにそう言うのを聞いて、僕は胸が締めつけられるような思いになった。

僕も、同じだ。

藍衣が転校していった後、この道を歩いている時、ふと、藍衣との思い出がよみがえる。

今立っているこの坂を横目で見るたびに、その先にある公園を。そこで藍衣と過ごした日々を、回想する。

そうして、ずっと、苦しんでいた。

「結弦以外と歩くこの町は、私にとっての『きらきら』じゃなかったの。気づけば、君との思い出の話が口をつくの。だから、私……！　この町じゃなくて、ただ、結弦が好きだっただけなんだって……分かっちゃった」

藍衣はついに涙を零しながら、言った。

「結弦は、私を突き放さなかった。他人《ひと》とのやり取りを面倒くさがって、一人で好きにしてた私を、認めてくれた。私と並んで歩いて、私が言うことに、ただ、『そうだね』って言って、笑ってくれた。わ、わた、私……気づいたら……一人じゃ、ダメになってて……ッ！」

藍衣は流れる涙を拭《ぬぐ》おうともせずに、真っ赤な目で、僕を見つめながら言葉を続けていく。

胸が痛かった。僕の視界も、少しずつにじんでいく。

「結弦と離れて……つらかった……ッ！」

藍衣は叫ぶようにそう言った。

その叫びも、雨の音に紛《まぎ》れて、僕にしか聞こえない。

藍衣が、僕の袖《そで》をきゅ、と掴む。

「ねえ、結弦……」

濡れながら輝く瞳が、悲痛な色を浮かべながら、僕を見た。

「結弦は……私のこと、本当に、嫌いになっちゃったの……？」

僕は、口を開いたまま、何も言えない。

胸の中に、熱い気持ちと、言いたいことがぐるぐると廻《めぐ》っているのに、口から漏《も》れるのは弱々しい吐息《といき》ばかりで、言葉にならない。

「私、結弦のこと、いっぱい傷つけちゃってたんだよね。お別れしたときに、私、すっごく反省して……だから、今度は、ちゃんと伝わるようにって……思ってたのに……」

藍衣の目からは、次から次へと涙が零れ落ちていく。

ミステリアスで、何を考えているのか分からなくて、いつも楽しそうで。そして、僕から見て、いつだって力強い。

そんな藍衣が、目の前で泣いている。

「でも、公園で、また言われちゃった。『嫌いになった』って……わ、私、ほんとに嫌われちゃったんだって、そう思ったら、私……ッ！」

ぼろぼろと、信じられないほどの涙を零しながら、藍衣が言う。

「胸がこわれちゃうくらい、悲しくて……ッ！」

「藍衣……ち、違う……」

「ねえ結弦ッ……ごめ、ごめんなさい……私、なおすから……結弦に好きになってもらえるようにするからぁっ！」

藍衣は泣きじゃくりながら、僕のシャツの袖を掴む手にぎゅう、と力を込めた。

そして、吐き出すように、言った。

「嫌いだなんて言わないでよぉっ……！」

幼子が駄々をこねるような、そんな言葉。

説得じゃなくて、ただただ、願いを相手にぶつけるだけの、愚直な言葉。

でも、だからこそ、その言葉が彼女のすべてなのだと、はっきり分かった。

彼女の吐き出した言葉を正面から受け止めて、僕は視界が揺れるような感覚に陥《おちい》る。

僕は気づけば、藍衣の両肩を摑んで、叫んでいた。

「嫌いじゃないッ！」

ばしゃ、と、傘が地面に落ちる。

「き、嫌いじゃない……藍衣、ごめん……嫌いになんて、なれない……」

嫌いになれたらよかったのに。そう、何度も考えていた。

別れても、何度も藍衣のことを思い出してしまっている時点で。

彼女と付き合ったこと、そして、別れたことを後悔し続けている時点で、分かり切っていたことだったんだ。

僕だって、彼女を嫌いになんて、なれないのだ。

陽だまりのようにあたたかく笑う藍衣が好きだった。

なんてことない日常の中にほんの些細《ささい》な楽しみを見つけてみせる藍衣が好きだった。

その、ミステリアスでいて無邪気な、二面性のある横顔が好きだった。

彼女のことを、誰よりも近くで見ている自信があった。

そう、藍衣が、大好きだった。

だからこそ。

「でも……」

僕は、胸の中で、こらえきれないとばかりに膨《ふく》らむその言葉を、ようやく吐き出した。


「つらかった……」


ずっと、言いたかった。誰かに聞いてほしかった。でも、言えなかった。

小田島が話を聞いてくれた時でさえ、僕は、理屈で武装して、自分の気持ちをうやむやにしていたのだ。小田島はそんなことは見抜いた上で優しく僕を諭《さと》してくれたけれど、それでも、僕の気持ちをそのまま吐露《とろ》する機会は失われていた。

本当の気持ちは、シンプルで、正当性なんてまるでなくて、でも、だからこそ心の奥底に根を張り、心臓を締めつけ続けていた。

僕は、つらかった。

「君と付き合って……ッ、僕は、すごく……つらかったんだ……ッ！」

そんな言葉が口から溢れ出した。

藍衣が好きだった。

僕の知る誰よりも自由で、綺麗で、蝶のような彼女が好きだった。

そんな彼女の〝特別〟になりたいと思う気持ちが膨れるたびに、僕はつらかった。

そんなのは自分のエゴなのだと分かっていて、それでも、つらかった。

僕を大切にしてほしかった。少しでもいいから、言わなくても、僕の気持ちに気がついてほしかった。

「ごめんなさい、結弦……ごめんなさい……ッ」

僕の言葉を聞いて、藍衣は泣きじゃくりながら、親に赦《ゆる》しを乞《こ》う子供のように謝った。僕は必死に首を横に振る。

「違う、藍衣、違うんだ……」

もう、藍衣の言葉を聞いて、分かっていた。

僕の求める〝特別〟は、すでに彼女の中には別の形で存在していた。

藍衣は、僕よりもずっと大人で、ただ、〝僕といる時間〟を大切にしてくれていたのだ。

そして、僕はそんなことにも気づかずに、ただただ、目先にある〝自分との約束〟だけを見つめていた。

「僕は……君に、言わなかった。つらいんだって……言わなかったんだよ……！　だから……」

僕は、藍衣の言葉を聞かずに、逃げ出した。そう思っていた。

でも、それどころか、自分の気持ちもきちんと伝えずに、彼女のもとを去っていたのだ。

藍衣の前で自分を曝《さら》け出して、「つらい」とはっきり言うこともできずに、すべてを彼女のせいにして、逃亡した。

とんだ、腰抜けだ。

だから、はっきりと言わなければならない。

今度こそ、逃げてはいけなかった。

「藍衣は悪くない」

僕はそう言った。

僕は、藍衣と一緒にいると、つらかった。そのつらさが、彼女が与えてくれる「楽しさ」や「嬉しさ」を覆《おお》い隠してしまって、僕は身動きがとれなくなった。そして、ついには逃げ出してしまった。

そして、藍衣は、大切なことを何も伝えずに去った僕を見て、苦しんだ。

言葉にすれば、本当にしようもなくて、くだらない。

まさに中学生同士の、幼稚な恋愛だ。

でも……僕たちにとっては、それがすべてだった。

それだけの、ことだった。

「……きっ」

藍衣は、揺れる瞳で僕を見つめながら、訊いた。

「嫌いじゃない……？」

「うん……嫌いじゃない」

「私たち……また、仲良くできる……？」

「……うん。またやり直そう……最初から」

僕が頷くと、藍衣の目が大きく見開かれた。

「…………よ――」

藍衣は、泣いているのか笑っているのか分からない顔で。

「よがっだぁ～～……」

放心したように泣き崩れた。

「あ、藍衣……！」

その場にしゃがみ込んでしまう藍衣を見て、僕はようやくハッとする。

傘を落としてしまい、気づけば僕も全身びしゃびしゃになっていた。

慌てて坂の下まで転がり落ちていた傘を拾いに行き、戻ってくる。

そして、藍衣が泣きやむまで、彼女に傘をさし続けた。

依然として雨は降り続いていて、坂を下っていく水量は、まるで川のようだった。

でも、この雨粒たちは、僕たちの重く澱《よど》んだ関係を洗い流してゼロに戻してくれるようで……。

僕は生まれて初めて、降りしきる雨に対して、「嬉しい」という感情を覚えたのだった。

×　×　×

「おかえり〜。外、すんごい雨で……って、うわぁ!?　あんたたちどうしたの!?　なんでそんなに濡れてんの!?」

家に帰るなり、母さんは仰天《ぎょうてん》してばたばたと洗面所へと走ってゆく。

ひとまず、藍衣をあのまま帰すわけにもいかないと思い、僕の家へ連れてきたのだ。

「とりあえず風呂入んなさい！　結弦は後ね。はい、タオル！　ちゃんと拭きなさいよ。ささ、藍衣ちゃんはこっちね。ちょ〜どよくお風呂沸かしてたから、入んな入んな！」

「す、すみません……突然……」

「いいのいいの。ほら早く、風邪ひくよ！」

母さんがてきぱきと藍衣を脱衣所へと連れていく。

僕は髪の毛をタオルで拭きながらそれを見送った。

母さんはさばさばしていて、全体的にテキトーだけれど、こういう時何も訊かずに話を進めてくれるのでありがたい。

「じゃ、ごゆっくり！」

藍衣を脱衣所に押し込んで、母さんが廊下に出てきた。

そして、ため息一つ、僕の方を見た。

「結弦……」

「ごめん、急に連れてきて」

「それはいいけど……」

母さんは言葉を選ぶように数秒沈黙してから、結局直球で訊いてきた。

「あんたら、ヨリ戻したの？」

「……戻してない」

「あ、そう」

母さんは淡泊に返事をして、それ以上は何も訊かなかった。

「あんた、ちゃんと全身拭いてから家上がってよ？　びちゃびちゃにされたら困るからね」

「うん」

僕は頷いて、濡れた制服にタオルを当てていく。

リビングに戻ろうとする母さんの背中に、僕は声をかける。

「でも」

「うん？」

母さんは振り向いて、首を傾げた。

僕は、少し顔を赤くしながら、言う。

「……仲直りはできた」

それを聞くと、母さんは驚いたように目を丸くして僕を見た。

そして。

「……あ、そう」

今度は薄く微笑んで、頷いた。


「雨、やまないね……」

僕のベッドの上で、藍衣は窓の外を眺めながら、そう言った。

「そうだね」

僕も、少し居心地の悪さを感じながら、頷いた。

二人そろって濡れネズミになった僕たちは、順番に風呂に入りあたたまってから、雨がやむまで僕の部屋で時間を潰していた。

「夜になってもやまなかったら、母さんが車出してくれるって」

「え、悪いよ……」

「大丈夫。母さんあんまり細かいこと気にしないから」

「……そっか。結弦のお母さんだもんね」

藍衣はうんうん、と頷いてから、笑った。

「どういう意味」

「言葉のまんま！」

藍衣はくすぐったそうに笑って、また窓の外に目をやった。

一階からはドライヤーの音が聞こえている。

多分、母さんが急ぎで藍衣のワイシャツとスカートを乾かしてくれているのだろう。

後でお礼を言っておかねば、と。

そんなことを考えてから、僕は藍衣に気づかれぬよう、彼女を盗み見た。

藍衣は、間に合わせで、僕の予備の部屋着に身を包んでいた。

僕もそんなに体格がいい方ではないけれど、身長や肩幅はさすがに藍衣よりはある。

当然、僕の部屋着は藍衣にとってはオーバーサイズで、袖と裾《すそ》の丈《たけ》が思い切り余っていた。

しかし、ぶかぶかの服を着ていても、藍衣の身体のラインはなんとなく布越しに分かって
……僕は少し体温が上がったような感覚を抱《かか》えながら藍衣から目を逸らす。

僕だって、今も昔も健康な男子なので、藍衣の身体についていろいろと考えたことはあった。付き合っていた頃も、藍衣はしょっちゅう無防備に雨に濡れたりしてしまうし、私服にはホットパンツやタンクトップを選ぶことが多くて、否《いや》が応《おう》にも、彼女の身体のラインを意識させられた。

そして、数年越しに出会った藍衣は、僕が知っているそれよりも、だいぶ成長しているように見える。

顔は少し大人っぽくなったし、胸や腰回りも明らかに発育して……。

そういえば、あれだけびしょびしょになれば、肌着や下着も当然濡れてしまったのだろうが……もちろんここには彼女の替えの下着なんてものはないし、今はどうしているんだろうか……？

そんなことを考えながらもう一度藍衣を見ると、必要以上にドキドキしてしまって、僕は頭をぶんぶんと振った。

「？　どうしたの？」

「なんでもない……」

さっきまで真面目《まじめ》くさった顔で藍衣に心情を吐露していたというのに、こうして一つの部屋で二人きりになった途端に邪《よこしま》な気持ちが湧き上がる自分に呆れた。

こういう『男子』な部分に振り回されるから、肝心なことを見落としてしまうのだ。

「……」

気づくと、藍衣が僕をじっ、と見ていた。

まじまじと僕を見ている藍衣に、どきりとする。

もしかして、僕のやらしい視線に気づかれてしまったのだろうか。

「ねえ、結弦……」

藍衣が僕を呼ぶ。その声は僕の小さな自室に静かに響いて、妙に緊張してしまった。

「な、なに？」

僕が返事をすると、藍衣は少し顔を赤くし、もじもじと身じろぎをした。

なんだろう、と思っていると。

「き、キス……とか、する？」

「は⁉」

藍衣の突然すぎる申し出に、僕は思わず大きな声を出してしまう。それから、口元を押さえた。

一階のドライヤーの音がやむ。それから数秒して、また再開された。僕の大声は下まで聞こえていたようだった。

僕の反応を見て、藍衣は眉を寄せ、首を傾げた。

「……やだ？」

「いやいや……嫌とかそういうことじゃなくて…………えっと……な、なんで？」

僕はめちゃくちゃに慌てていた。顔が熱い。

中学生の頃、彼女からそんなことを言われたら僕はそれを受け止めて、至上の喜びに打ち震えていたのだろうけれど、今は、頭がショートしている。

あの藍衣から、そんな言葉が出てくるとは、想像だにしていなかった。

藍衣は唇を尖《とが》らせながら、少し拗《す》ねたように言う。

「だって……私たち、そういうの、したことなかったし……」

藍衣がそう言うのを聞いて、僕は一度落ち着きたくなり、ゆっくりと息を吐いた。自分の息が、驚くほどに熱く感じられる。

深呼吸というのは、本当に不思議なもので。

ゆっくりと息を吸って吐く。その行為だけで、身体と思考は落ち着きを取り戻していくようだった。

「まあ、そうだけど……てっきり…………興味ないのかと思ってた」

僕が素直な感想を漏らすと、藍衣は少し気まずそうに視線をさまよわせて、頷く。

「……まあ、うん、正直、あの頃はそういうの分かってなかったかも」

そうだろうな、と、思う。

「でも、転校した先でもさ、彼氏いたことあるって話をすると、みんな訊くんだよ」

「なんて?」

「チューした? とか、あの……その……セッ——」

「分かった、もういい」

とんでもない言葉が飛び出しそうになるのを、すんでのところで止める。

藍衣の口から今そんな言葉を出されては、僕も平常心を保っているのは難しい。

藍衣は、顔を赤くしながら、言葉をつづけた。

「で、でもさ。結弦はさ。前も……こういうことしたかったんだよね?」

「えっ」

僕も顔を赤くして、間抜けな声を上げた。

「男の子は、女の子と付き合ったら、そういうことしたいものなんだよって聞いた」

誰だ、そんなことを藍衣に吹き込んだのは。……その通りだけれど。

「だから、私も、そういうのちゃんとやらないと、また結弦に……」

藍衣の視線が部屋中をきょときょとと動いている。

さすがに僕にも、分かった。

藍衣は明らかに、無理をしている。

「藍衣」

僕が呼ぶと、藍衣はビッと背筋を伸ばして、僕を見た。

「は、はい……！　し、しますか……？」

「違う」

僕は変な声が出そうになるのをこらえて、首を横に振った。

そして、はっきりと告げる。

「僕たち、まだ付き合ってない」

僕が言うと、藍衣は目を真ん丸にしてから、はっ、と息を吐いた。

「あ！　そ、そっか……そうだよね……」

仲直りできたことに安心しすぎて、藍衣の中ではだいぶ先に話が進んでしまっていたようだった。

僕は胸中で安堵《あんど》する。

はっきりと伝えたことで、藍衣も冷静になってくれたようだった。

「じゃあ、結弦。私と付き合って？」

「ま、ま、待って！」

全然、冷静じゃなかった。

僕は手をパーの形で藍衣の方に押し出す。頭がついていかなかった。

確かに、僕と藍衣は、今でもお互いに好き合っている。それは、しっかり二人とも分かっている。

けれど。

僕はゆっくりと息を吸って、考えをまとめるように、目を瞑《つぶ》った。

そして、再び目を開けた時には、言うべきことは、決まっている。

「あのさ……藍衣」

「なに？」

「僕は、今は……藍衣と付き合う気はない」

僕がはっきりとそう告げると、藍衣の目と口が大きく開かれた。

後ろに「ガーン」という効果音が鳴っていそうなほどに、藍衣は驚愕《きょうがく》の表情を浮かべていた。

そして、その瞳が潤み始めるのを見て、僕は慌てて言葉を続ける。

「嫌いになったとかじゃない！　決して！」

「じゃ、じゃあ、なんで……」

おろおろとする藍衣。

僕と藍衣は、お互いに言葉を介さぬコミュニケーションをし続けたせいで、お互いの想いを取り違えて、失敗してしまった。

藍衣は、完全に、僕に許されていると思っていた。自由に生きる自分を全肯定してくれる、そんな僕のことを好いていた。

そして、僕は、そういう彼女を好きになったのだから、彼女のそれを肯定し続けなければばいけないと、そんな強迫観念に縛られていた。

お互いに、お互いとの関係を誤解したまま付き合いを続けて、そして、破綻《はたん》してしまった。

そんな別れを、もう一度繰り返したいとは、思わない。

「今付き合ったら……僕たち、きっと、また同じことになる」

僕の言葉に、藍衣ははっ、と息を吸って、神妙な表情になった。

今度こそ上手《うま》くいく。そう言い切りたい気持ちはある。

でも、今までできなかったことが、急にできるようになるのなら、苦労はしないのだ。

僕たちには、時間が必要だ。そして、その時間は、まだまだあるのだから。

「もっと……友達として、同じ時間を過ごして……お互いに、何が楽しいのか、何が嫌なのか……ちゃんと知っていこう」

僕がそう言うのを、藍衣は真剣に聞いている。

「もっとゆっくり、また、仲良くなってさ……それで……お互いに」

僕は、緊張で震える声を絞り出して、言った。

「お互いに……もっとお互いのことが必要だと思ったら、その時は……」

顔が熱くなる。

大事なことを伝えるのは、こんなにもどかしく、勇気の要《い》ることなのだと、僕は久々に思い出した。

「その時は、また、付き合おう」

僕がそう言い終えると、藍衣はぼーっとした表情で僕を見つめた。

そして、その表情が少しずつ、明るくなっていく。

藍衣の顔に眩《まばゆ》い笑みが浮かぶ頃には、彼女は、ベッドから飛び出していた。

「うんッ！」

「うわ！」

藍衣は、飛びかかるように、僕に抱き着いてきた。

ぎゅう、と力強く抱きしめられて、僕は目を白黒させた。

「ほ、ほんとに分かってる？」

僕が訊くと、藍衣は僕の耳元で言った。

「分かってる！　結弦が、ちゃんと私との関係を大事にしてくれてるって……すごく分かった」

耳に、藍衣の熱い吐息がかかって、僕は全身を強張《こわば》らせた。

僕の胸に押しつけられた藍衣の胸の感触は、柔らかすぎて、やっぱり下着をつけていないいじゃないか……と思った。

「結弦……大好き」

耳元で藍衣に囁《ささや》かれ、僕の心臓が跳ねた。

「私には結弦が必要だよ……君がいなきゃ、もうダメだもん……」

僕は、何も言えずに、ただ顔を赤くして、頷いた。

こんなにストレートに好意を伝えられてしまっては、試されるのは僕の自制心だった。

もっと時間をかけて、友達からやり直そう。と、伝えたばかりだというのに、僕の心の中の『男子高校生』な部分が大音量で主張してやまない。今すぐ藍衣を抱き寄せて、キスをしたい気持ちだった。

とりあえず、藍衣を引きはがして、落ち着かせるところから……。

そんなふうに考えていたその時、藍衣がバッ、と身体を離す。そして、僕の顔を見た。

「だから、結弦にも、そう思ってもらわないといけないね！」

そう言ってから、花が咲くような笑顔で、藍衣が言う。

「大好きだから、好きになって？」

「……ッ！」

藍衣の飾らない言葉が、僕の胸にストレートに突き刺さってくる。

僕は、藍衣の自由な行動の数々を見て、そこに少なからず『ミステリアスさ』を感じていたけれど。

再会して、気づいたことは……彼女はただただ、純真無垢《むく》なだけなのかもしれない。

僕と違い、自分の感情に素直に向き合って、それら一つ一つを慈《いつく》しんでいる。

どのみち……僕は彼女のそんなところが、好きだと思った。

「うん」

僕は、彼女の目を見て、ゆっくりと頷いた。

水野藍衣に、憧《あこが》れていた。

蝶のように自由で、太陽のように眩《まぶ》しい。

そんな藍衣を、僕は、いつしか、一人の女の子としてではなく、崇拝の対象のように見ていたのかもしれない。

それでいて、そんな『神様』を自分のものにできないことに、苦しんだ。

自由に遊びまわる彼女を見ていたい。けれど、僕の方を見てほしい。本当は、僕にだけその熱い視線を向けてほしい。

そんな欲望の炎に、心を灼《や》かれてしまったのだ。

まるでちぐはぐだった。

だから、今度は、間違えない。

藍衣という女の子の隣に並んで、彼女の言葉を聞いて、僕の心を伝えて……。

同じ景色に、思い出を刻んで。

一緒にいる、そのこと自体を尊いと思える、そんな関係を築きたい。

そう思った。

僕は、誓いのように、呟く。


「今度は、ちゃんと好きになる」


僕がそう言うと、藍衣の瞳が大きく、揺れた。

そして、そこからじわりと涙が溢れて、彼女の頬に一筋のラインを作った。

「うん……約束」

藍衣はおもむろに頷いて、人差し指で涙を掬《すく》いながら、微笑んだ。

「あ」

僕は、藍衣の背後にある窓から差し込む、深い赤色の光に気がついて、声を上げた。

藍衣も、後ろを振り向く。そして「あ！」と声を上げ、窓の方へ駆け寄った。

分厚く、黒に近い鼠《ねずみ》色をした雲の間から、ほとんど沈みかけの夕日の光が漏れていた。

ガラ、と窓を開けて、藍衣が言う。

「雨、やんだね！」

藍衣は無邪気に笑い、こちらを振り返る。

僕もそちらに近づいて、藍衣の隣で、窓の外を見た。

本当に、わずかな雲の切れ間だった。

空はもったりとした雨雲で埋め尽くされているのに、夕日だけを通すように、切れ間が入っている。

そして、真っ赤な夕日が、道路の上に薄く張った雨水に反射して、きらきらと輝いていた。

とても、綺麗だ。

「……いっこめ、だね」

隣の藍衣が呟いた。

「うん？」

「仲直りしてから、二人で見た景色。いっこめ」

藍衣はそう言って、隣でくすり、と笑った。

僕も思わず笑って、きらきらと輝く窓の外を、目を細め、見つめる。

こういうシーンを何度も繰り返して、僕と藍衣は、また再び、近づいてゆくのだろうか。

そうだったらいいな、と、思う。

「結弦、動かないでね」

「え？」

突然藍衣に言われて、僕が視線を彼女の方に動かそうとするのと同時に。

頬に、熱く、柔らかい感触が触れた。

藍衣の顔が、僕の真横に、ある。ぴったりとくっついているのを、感じた。

ゆっくりと、藍衣が僕から離れる。

驚いて藍衣を見ると、彼女は顔を真っ赤にしていた。

「こ、これは…………『ともだち』の、やつだから」

「と、ともだち……」

「うん。ともだちの……ちゅー」

あまりにも突然で、しかも、強引すぎやしないか。

そう思ったけれど、そんな言葉は、野暮すぎて、口には出せなかった。

藍衣は、西日に照らされた真っ赤な顔を、さらに真っ赤に紅潮させながら、息をつく。

「……はー」

「これ…………心臓爆発しそうだね」

「……じゃあ、やめとけばよかったのに」

僕が言うと、藍衣は、緊張から解放されたように、けらけらと笑った。

そして、また、顔を赤くする。

「ともだちのやつじゃない方する時は……ドキドキしすぎて死んじゃうかも」

彼女のその言葉の意味を、数秒、考える。

そして、僕も顔を真っ赤にして、それをごまかすように笑った。

「死なないでよ。僕も一緒に……ドキドキするから」

僕がそう言うと、藍衣は一瞬きょとんと目を丸くしてから。

心から嬉しそうに、笑った。

「うん……！」

窓の外の夕日が翳《かげ》り始める。

再び雲の切れ間が閉じようとしていた。

また、雨が降る。

けれど、多分、もう大丈夫だ。

きっと藍衣は、「二回目の雨だね」なんて言うに違いないのだから。

突然、ガチャリ、と僕の部屋のドアが開いた。

「あんたら、一瞬雨やんでるから急いで出な！　傘ならうちのビニ傘貸して…………あ、ごめん、いいとこだった？」

「……大丈夫」

僕は苦笑交じりに、ベッドから降りた。

「いいとこ、もう終わったから」

僕がそう言うと、母さんはぷっ、と噴き出してから。

「あ、そう」

と、言った。

EP.09

9章

YOU ARE MY REGRET...

A story of love and dialogue between a boy and a girl with regrets.

翌日、僕が登校すると、僕の席で仏頂面《ぶっちょうづら》を隠しもせずに待ち受けている人物がいた。

「……安藤《あんどう》」

「……おはよう」

「うん、おはよう」

僕の席に座っていたのは、安藤壮亮《そうすけ》だった。

小田島《おだじま》はといえば、前の席で不機嫌そうにしている安藤を気にも留《と》めずに、スマホをいじっていた。

安藤はゆっくり立ち上がって、僕の席を顎《あご》でしゃくった。

座れ、ということらしい。

僕は小さく息を吐いて、頷《うなず》く。

用件は分かっていた。藍衣《あい》から聞いた通り、昨日のデートは散々だったのだろう。

僕が席に着くと、安藤は、真顔のまま、言った。

「付き合って、ないんだよな?」

誰と、とは訊《き》かない。分かり切っていた。

僕は昨日のことを思い出しながら、首を横に振る。僕と藍衣は、友達からやり直すのだ。

「うん、付き合ってない」

「ほんとだな?」

「本当だよ。こんな嘘、ついたって意味ないでしょ」

僕がはっきり答えると、安藤は数秒真顔のまま僕の両目の奥を探るようにじっと視線を注いでから。

「そうかぁ……」

急に不機嫌な表情を崩し、僕の机の上に上半身を倒れ込ませた。

「わ、なに、どうしたの」

ガタリと揺れる机を押さえて、僕が声を上げると、安藤は僕の机の上に身体を預けるだけでは足りず、そのままばたばたとのたうち回った。

「お前のさぁ～、その言葉だけ聞いてさぁ～、俺舞い上がっちゃってたんだよぉ～」

そんなふうにふにゃふにゃな声を漏《も》らして身悶《みもだ》える安藤を、僕は目を丸くして見つめた。

後ろの席から「ふっ」と鼻を鳴らす音が聞こえた。なに、笑ってるんだ。

安藤はがばっ、と顔を上げて、僕に恨めしそうな目を向けた。

「水野《みずの》さん……お前のこと好きすぎんだろ……!」

「……なんか、僕の話ばっかりして、安藤のこと怒らせたんだってね」

「はぁ～聞いてんのかよ。ツーカーじゃんか。恥ずかしいわぁ」

安藤は顔を赤くして、ようやく僕の机から上半身を起こし、立ち上がった。

「そうだよ。まじで、どこ歩いても、キラキラした目で『ここで結弦《ゆづる》とゲームしたんだよ！』とか『ここに鳥がとまっててね、結弦が～』って、お前の話ばっか！」

安藤は唇を尖《とが》らせながら早口に言って、俺を横目に見る。

それから、ため息をついた。

「でもさぁ、それでキレたのはダサすぎたな……ありえねぇ……懐《ふところ》狭すぎ……死にてぇ～……」

「いや、藍衣も悪いよ。安藤に失礼だ」

「あ！　そういうのもなんか余裕ある感じしてムカつく！　『うちの水野がすまん』ってヤツじゃん！」

「そんなつもりは……」

「……はぁ～。悪い悪い、責めるつもりで来たわけじゃねぇんだわ」

安藤は大音量で、肺の中身を吐き尽くすんじゃないかというようなため息をついて、僕の机の横にしゃがみ込んだ。

「あのさ、なんで付き合わないわけ？」

安藤に訊かれて、僕は視線を泳がせる。

一言で説明するのは、難しかった。

「まあ……いろいろあるんだよ……」

「なんだよ。実は小田島と付き合ってるとか？」

安藤がそんなことを言うと、後ろの席の椅子がガタッと引かれる音がする。

「はぁ～!?」

大声を上げたのは、その小田島だった。

「付き合ってないからッ!!」

その絶叫は教室内に響き渡り、クラス中の視線が僕たちの方へ集中する。

「お、おう……そんなに怒んなよ……」

安藤は苦笑を浮かべながら小田島を見る。

小田島は「げ」という顔をして、おずおずと着席しなおす。そして、改めて、小さい声で言った。

「付き合ってないから……」

「分かったって」

「まあ、嫌いじゃないけど……ふつうに友達だけど……」

「そうだよな、うん、友達だよな」

安藤は触らぬ神に祟《たた》りなしというように適当な相槌《あいづち》を打って、小田島がまたスマホに視線を落とすのを待った。

小田島が静かになると、安藤はまた僕の方へ視線を戻し、ひそひそと話す。

「お前は好きじゃないの？　水野さんのこと？」

僕は訊かれて、数秒、どう答えたものかと考える。

けれど、ここで「違う」と言うのも、事実に反しているし、素直に答えることにする。

「いや、好きだよ」

「へ？」

僕が答えると、安藤は間抜けな声を出し、後ろの席からはバチン！　と派手な音が聞こえてきた。

驚いて振り返ると、小田島がスマホを床に落とし、慌《あわ》てて拾い上げているところだった。

「じゃあなんで付き合わねぇんだよ！」

安藤が大声を上げるので、僕はまたクラスメイトたちの視線が集まるのが嫌で、人差し指を「しー！」と立てた。

「だから、いろいろあるんだってば、僕にも」

僕が小さな声で言うと、安藤は横目で僕を見ながら、「ふぅん」と生あたたかい声を漏《も》らす。

「じゃあ……俺、まだ、水野さんのこと狙っていいんだよな？」

安藤に問われ、うっ、と言葉に詰まる。

いい。とは言い難《がた》い。正直、やめてほしいと思った。

藍衣は僕のことを好き、と断言したけれど。

ゆっくりと時間をかけ、友達から関係をやり直している最中で、安藤の方に心が移っても、おかしなことではない。

そう思えるほどに、目の前にいる安藤壮亮という男子は、僕から見ても、優しくて、快活で、魅力的な人物だった。

でも、僕と藍衣が友達だというのであれば、他人の恋路《こいじ》を邪魔する権利はない、と、思う。

「……止める権利はないね、僕には」

僕がそう答えると、安藤はにやりと気丈に笑って、勢いよく立ち上がった。

「あっそ！　じゃあ、本気でアタックするからな！　俺に取られて文句言うなよな！」

「うん」

僕は頷いてから、安藤の目をじっと見て、言った。

「そうならないように、僕も頑張る」

再び、後ろの席でゴトッ！　という音がした。

振り向くと、小田島が今度は机の上にスマホを落っことしている。

「……なにしてんの」

「は？　何？　手が滑っただけですけど。文句あんの、殴《なぐ》るよ」

「機嫌悪い？」

「悪くないですけど、なに？　殴るよ」

「殴らないで」

「ほんと仲いいな、お前ら…………うわっ！」

僕と小田島を細目で眺めていた安藤が、突然大きな声を上げて僕の後ろを見るので、僕もその視線の先を確かめるように振り返って、同じように「うわ！」という声を上げた。

教室の廊下側の窓から、藍衣が僕たちを見ていた。

「怪獣見たみたいな反応して、ひどいんだ」

藍衣はくすくすと笑いながら、窓枠に寄りかかるようにして、手を上げた。

「おはよ、結弦！　それと、小田島さんと、安藤くん」

藍衣は気さくに挨拶《あいさつ》してから、少し控えめな視線を安藤の方へ向けた。安藤は、彼にしては珍しくおろおろとした様子で視線をきょろきょろと動かしている。

「あの、安藤くん……」

「あ、な、なに……」

「昨日、さ……」

「あ、待って！」

何かを言いかけた藍衣を、安藤は手をバッと前に出して、制止した。

「まずは俺から」

安藤ははっきりとそう言って、姿勢を正し、頭を下げる。

「昨日はごめん！」

「えっ……」

頭を下げられ、藍衣は目を丸くして、安藤を見た。

彼はゆっくりと頭を上げ、神妙な表情で、言う。

「昨日、怒って帰っちゃって、悪かった。めっちゃ、ダサかった……」

安藤はそう言って、僕の方をちらりと見てから、また藍衣を見つめる。

「水野さんにとって、浅田《あさだ》との思い出が大事なものだって、よく分かった。俺、悔しくて、昨日は怒っちゃったけど……」

安藤は、真剣な表情で、少し震える声で、言った。

「水野さんの大事なもの、今後はないがしろにしないから。だから……」

安藤は子供っぽい、照れたような笑顔で、藍衣を見る。

「とりあえず、俺とも、友達になってくんない？」

藍衣は、驚いたように安藤を見つめながら、何度かまばたきをして。

それから、嬉しそうに、笑った。

「うん、ありがとう！　友達になろ！　安藤くん！」

藍衣は笑顔で安藤に右手を差し出す。

二人は少し照れ臭《くさ》そうに握手を交わした。それから、藍衣も、姿勢を正す。

「じゃあ、今度は。私も、ごめんなさい」

藍衣が頭を下げた。

それを見て、安藤は困ったように首を横に振る。

「いいよ、大丈夫」

「友達と遊んでる時に、別の人の話いっぱいしちゃったの、めちゃくちゃ失礼だった。ごめんね」

藍衣はそう言って、申し訳なさそうに微笑む。

それを見て、僕は、なんとなく緊張感のあった二人の会話で詰まっていた息を、ゆっくりと吐き出す。

言葉を交わせば、藍衣も、こうして自分の行動を正すことがあるんだな……という、発見。

それから、安藤と藍衣の仲が険悪にならなかったことに対する安心。

二つの感情が、胸の中で柔らかく、混ざり合った。

「また遊ぼ！　次は、二人とも行ったことないところに行こうね」

藍衣はそう言って、笑った。

安藤は表情をきらきらと明るくして、頷く。

「おう！　絶対な！」

「うん！　それじゃあ！」

藍衣は爽《さわ》やかに微笑んで、廊下を歩いていく。

その後ろ姿をぼーっと見送ってから、安藤はバッ、と僕の方へ顔を向けた。

「……脈、ある気がしてきた」

「そうかもね。安藤、いいヤツだもん」

僕が笑いながら頷くと、安藤も、眩《まぶ》しい笑顔で頷く。

「よく言われる！」

そういう前向きさを、少し分けてほしいな、と思った。

穏便に話がまとまってよかったな……なんてことを考えていると。

廊下を小走りで戻ってくる藍衣の姿が見えて、僕は顔を上げる。

また、こちらへ向かってきた藍衣が、廊下と教室の間の窓から、身を乗り出す。

「ごめん、言い忘れてた！」

藍衣が、安藤の方を見て、言った。安藤は、ぽかんとした顔で藍衣を見る。

藍衣は、屈託のない笑みを浮かべながら、言い放つ。

「結弦との約束とかぶったら、結弦の方優先させてもらうね！」

「へ？」

「結弦と私、ちゅーするくらい仲良しだから！」

「は？」

「それじゃあね！」

藍衣は言うだけ言って、また廊下を走っていく。

僕と安藤、そして小田島は啞然としながらその後ろ姿を見送った。

「……浅田」

「……なに」

ぎぎぎ、と、安藤の顔がこちらを向く。すごい顔だった。

「ちゅー……したのか」

「……………………してない」

「なんだ今の間は!!　したのか!?」

「し、してないってば!!　痛い!!　なんで叩いたの!!」

「ムカついたから」

安藤から詰め寄られ、小田島には後頭部を思い切りはたかれて、もうめちゃくちゃだった。

授業開始のチャイムが鳴り、担任教師の平和《ひらかず》が時刻ぴったりに教室に入ってくる。

「号令～」

あくび交じりに平和がそう言うのに合わせて、生徒たちは立ち上がった。

安藤は僕と平和の間で視線を行ったり来たりさせて。

「後で詳しく聞かせろよ。絶対だぞ！」

捨て台詞《ぜりふ》のようにそう言いながら、自席へと戻っていった。

「礼！」

「おはようございまぁ〜す」

クラス委員の掛け声とともに皆がだらだらと礼をして、着席する。

平和が、やる気のない声で朝のホームルームを開始した。

つん、と僕の肩がつつかれる。

振り返ると、ぶすっとした顔で小田島が僕を見ていた。

「なに」

「……ちゅーしたの」

「だから、してないってば」

されたけど。

でも、あれは……『ともだちのヤツ』だから。自分に言い聞かせた。

二人が想像しているようなそれではないのは、間違いない。

「ふうん」

小田島は依然《いぜん》として仏頂面のまま、頷く。

「じゃあ……仲直りは」

と、ぶっきらぼうに訊いてきた。

僕は、はっ、と息を吸う。

そうだ。僕は、小田島に話を聞いてもらって、藍衣についてもう一度考える切っ掛けを与えてもらったのだ。

彼女とのやりとりがなければ、あの後雨に降られる藍衣と出会ったとしても、素直に言葉を交わして、今のような関係を結び直すことはできなかったかもしれない。

そして、小田島は今もなお、僕に気を遣《つか》ってくれている。

「うん……おかげさまで」

僕がそう言って、ぺこりと頭を下げてみせると、小田島は鼻を鳴らした。

「そ。よかったじゃん」

小田島はそう言ってから、ちら、と僕を見る。

「……でも、付き合い始めたわけじゃ、ないんだ?」

「うん。また、友達から」

「ちゅー……も、してないんだ?」

「だからしてないってば、しつこいな」

「そ」

小田島は淡泊に返事をしてから、髪の先を指でいじくりながら、ぽつりと言った。

「あたし、幽霊部員やめよっかな」

「えっ……」

僕は、ひやり、と、高いところから落下したような感覚に陥《おちい》る。

「読書部……やめちゃうの？」

僕が訊くと、小田島は一瞬ぎょっとしたような顔をしてから、舌打ちをした。それから、僕の椅子をガン！　と蹴る。

「違うっての！　だから……」

小田島はぶすっとした様子で、机の上に視線を落として、投げ捨てるみたいに言った。

「毎日行くって、言ってんの」

僕はそれを聞いて、目を丸くする。

内臓が痛むような感覚は、一瞬にして消えた。

「そ、そっか……！」

部室に暇《ひま》を潰《つぶ》しに来ていただけの小田島。

そんな彼女は、どこか、野良猫のようで。いつか、ふっと、部室に姿を現さなくなってしまうんじゃないか、と思ってしまうような儚《はかな》さを漂わせていた。

そんな小田島が、毎日部室に顔を出してくれるのだという。

僕にとって、それは本当に、朗報だった。

「へぇ〜、嬉しいな、それは」

僕が素直な感想を口にすると、小田島は目を丸くしてから、ぷいと顔を逸《そ》らす。

「別に、今までと変わんないけどね。いちいち暇潰す場所を毎日考えるのが面倒になっただけ」

「分かってる。でも、嬉しい」

僕がそう言うと、小田島はなんだか恥ずかしそうに視線を忙《せわ》しなく動かしてから。

「あっそ」

とだけ、言った。

「浅田クーン？」

平和の声が、教室に響き渡る。

しまった、と、思った。

ゆっくり、教壇に立つ平和の方へ振り返る。

「はい……」

「話聞いてたかな？」

「聞いていませんでした。ごめんなさい」

「まあ、そうだよな、クラスで一番カワイイと噂《うわさ》のオシャレ女子に絡《から》まれてる方が、こんなオッサンの顔見てるより楽しいよな」

教室に笑いが起こる。

ここぞとばかりにいじられるのは恥ずかしかったが、思い切り後ろを向いて喋《しゃべ》っていたのだから、仕方がない。

「すみません……」

「じゃ、今日の日直よろしく」

「はい……」

僕が頷くのと同時に、ちょうど本来なら今日の日直であった安藤が「っしゃあ！」と大げさにガッツポーズをした。

再び、教室にケラケラと笑いが起こった。

「ふふっ……ばーか」

後ろから、小田島の小さな声が聞こえて、僕はぐう、と奥歯を噛む。

「浮かれてるからだよ」

僕が振り向けないのをいいことに、小田島が後ろで好き放題に言っていた。

浮かれてなんかない。

そう言い返したい気持ちもあったけれど。

確かに、小田島の言う通りかもしれない、とも思った。

藍衣と再び笑い合える日が来るなんて、思ってもみなかった。

それから、小田島が部活にしっかり顔を出してくれる気になったことも。

そして……安藤が、藍衣のことを本気で好きなのだと分かったことも。

全部、嬉しかった。

中学生の頃の藍衣は、自分が自由に生きるために、誰かと過ごす学校生活を完全に諦《あきら》めていたように思う。

可愛いのに、変なヤツ。

そんなうわべの評価を押しつけられて、彼女の言葉を借りるなら、『教室に閉じ込められていた』のだ。

でも、今は違う。

僕と、友達になり。

安藤とも、きっと、これからもっと仲良くなるだろう。場合によっては……恋人になることも、あるのかもしれない。

そうなってほしくはないけれど、それについては、今後の僕の努力次第だ。

そして、小田島も、なんとなく、藍衣とは仲良くしてくれそうな予感がしていた。

そうやって、少しずつ「学校」という場所でも今までとは違う関係性が生まれて、楽しく過ごして……その中で、僕のことも、もっと好きになってほしい。

僕も、藍衣との学校生活の中で、きっと、もっと彼女を好きになる。

そんな未来を想像して。

「……はは」

小さく、喉《のど》から笑いが漏れた。

確かに、僕は、浮かれていた。

「浅田クン？」

そんな僕を、平和は細い目で見た。

ホームルームが再開されたと思っていたのに、平和は引き続き、僕に目を光らせていたようだった。

「そんなに小田島に絡まれたのが嬉しかったかい？」

ニコニコと笑いながら嫌味を言う平和。

それ以上何か言われる前に、僕は頷いて。

「ノート運びもやります」

そう言うと、ドッと教室が沸く。

「そりゃ結構。とりあえず、ちゃんと話聞いとけ」

平和に言われて、僕もくすりと笑いながら、頷いた。

久々の、心安らぐ、学校の朝だった。

【エピローグ】

EPILOGUE

YOU ARE MY REGRET...

A story of love and
dialogue between
a boy and a girl with
regrets.

ずず、とカップ麺を啜《すす》る音が、部室に聞こえている。

僕は首筋をつう、と伝って落ちる汗を、タオルで拭《ふ》いた。

本格的に初夏に差し掛かり、部室の空気は湿り気を帯び、じとりと暑かった。

エアコンをつけてはいるものの、校舎の端も端にあるこの部室に取りつけられているそれは大変ボロくて、一向に室温が下がらない。

つけないよりはマシ、というくらいの働きぶりだった。

僕はソファでカップ麺を食べている小田島《おだじま》を横目に見て、呟《つぶや》く。

「こんな暑い中、よくカップ麺なんて食べるよね」

僕の言葉に、小田島は顔を起こして、片眉を上げた。

「何言ってんの。こんな暑い中で食べるからこそ、めっちゃ美味《おい》しいんじゃん」

「あ、そう……」

小田島の言っている意味はよく分からなかったけれど、彼女には彼女の強固な哲学がある。そこに口出しするのも、野暮《やぼ》だった。

とはいえ、暑い中、玉の汗を浮かべながらラーメンを食べている小田島を見ていると、こっちまで余計に暑くなってくる。

僕は彼女から視線を外し、文庫本を手に取った。

本を買う時につけてもらった紙製のブックカバーが、僕の指の汗でよれよれになっている。

「ユヅもさぁ、よくも毎日毎日、飽きもせず読書するよねぇ。暑いのに」

小田島が言った。

僕は小首を傾《かし》げて、鼻を鳴らす。

「暑いのと読書、関係ある？」

「あー、ないかも。でも、こう暑いと、なんもやる気起こらないじゃん」

小田島はそう言ってから、またずず、と麺を啜った。それから小声で、「暑……」と呟く。

僕は鼻を鳴らして、「確かにね」と頷《うなず》いた。

「でも、なんか、落ち着くよ。読書してると」

僕はそう言って、文庫本に視線を落とす。

この小さな四角形の物体の中に詰まった物語や知識に身をゆだねることは、僕の日常生活の一環だった。

僕の生活。日常。

それを粛々《しゆくしゆく》とこなしていくことは、どこか、心地がよい。

「授業受けて、終わったら部室に来て、本を読んで。ソファには小田島が座ってて……」

僕は、文庫本の表面を撫でながら、言葉を続けた。

「そういう、『いつも通り』は、割と落ち着く」

そう言って、小田島の方を見ると、彼女はどこかぼーっとしたように、僕を見ていた。

僕と視線が絡《から》み合うと、彼女は、慌《あわ》てたように僕から目を逸《そ》らした。

「……あっそ」

小田島はぶっきらぼうにそう言ってから、ぐるぐるとカップ麺のスープを箸《はし》でかき混ぜた。

彼女が手持ち無沙汰《ぶさた》になったときによくやる、癖《くせ》だ。

「ユヅの宇宙の中に………あたしもいるんだね」

「え？」

「ううん、なんでも」

小田島はまた僕を見て、そして、ビッ！　と人差し指を僕に向けた。

「薫《かおる》」

「うん？」

「いつまで小田島とか呼んでんの。そろそろ下で呼んでくんない？」

「あ、ああ……」

そう言えば、もう小田島と出会ってから、随分《ずいぶん》と時間が経《た》つのに、まだ名字で呼んでいたことを思い出す。

彼女も最初は僕のことを名字で呼んでいたはずだったが、気づけば、下の名前すら飛び越して『ユヅ』と呼ばれていた。あまりに自然で、いつからそうなったのか、覚えていない。

「か……」

口に出そうとしてみて、なんだか、急に恥ずかしくなった。

「と、突然言われてもね……」

僕がそんなことを言うと、小田島は不満そうに唇を尖《とが》らせる。

「なんだよ、チュー坊じゃないんだから、そんなことで照れんなし」

「男子が女子を呼び捨てにするのには、勇気が要《い》るんだよ」

「水野《みずの》さんのことは下で呼ぶくせに」

「藍衣《あい》とは、それこそ中学生の頃からの……」

「あーあー、ごちゃごちゃうっさい！　いいから、呼んでみてよ」

強引に押し切られて、僕は顔を赤くして、視線を床の上で泳がせる。

「か、か……」

言いかけて、また、口を閉じる。

僕に恥ずかしいことを要求するなら、小田島だって、何か僕に譲歩してくれたっていいはずだ。

僕は真っ先にこの場をやりすごす口実を考えて、彼女の胸元を指さした。

「小田島が……第二ボタン、留《と》めたら」

「は？」

「き、君が、第二ボタンちゃんと留めたら、僕も下の名前で呼ぶ」

僕がそう言うと、小田島は数秒、きょとんとした表情を浮かべた後に。

にんまりと笑ってみせた。

「いいの？」

「なにが」

「下着、見れなくなるけど？」

その言葉に、僕は顔を赤くして、声を荒らげた。

「見たくて見てたわけじゃないんだけど⁉」

「ふぅん？　あっそ」

小田島はくすくすといたずらっぽく笑ってから、箸をカップ麺の容器の上に置いて、両手をワイシャツのボタンにかけた。

そして、ゆっくりと、その第二ボタンを留める。

途端に、なんだか小田島の雰囲気が変わったような感じがした。ボタン一つで、こんなに違うものなのか。

僕が口を開けたまま見ていると、小田島はしっとりと湿った瞳で僕を見て、言った。

「ほら呼びなよ、スケベ」

「誰がスケベだよ」

「はーやーくー」

小田島が急《せ》かすようにパン、パン、と手を叩く。

僕は小田島がボタンを留めるのを嫌がり、断念することを期待して言ったのに、彼女は僕の予想に反して、すんなりとボタンを留めてみせた。

　一度口に出した言葉は、引っ込められない。

　僕は、緊張でからからに乾いた口を、開いた。

「か……」

　顔が赤くなるのを自覚しながら、言う。

「薫……」

　僕が言い終えると、薫は、目を大きく開いて、深く息を吸った。

　そして、それを吐き出すのと同時に、僕からも見えるくらいに、顔を赤くする。

「……ほんとに呼ぶじゃん」

「だ、だって、君がボタン留めたから……」

「いや、まあ、そうだけどさ……」

「呼ばせといてそっちが照れるのやめてくれない!?」

「うるせー!」

薫は動物が天敵を威嚇《いかく》するように両手を上げて声を荒らげた。カーディガンが、今日もたっぷりと生地《きじ》を余らせている。

「ふー……ま、いいや」

そう言って、薫はぷち、と第二ボタンをはずした。

僕は、呆気《あつけ》に取られる。

「えっ」

「なに」

「いや、ボタン」

「ずっと留めるとは言ってない」

「ずるいよ！」

僕が声を上げると、薫はくすくすと憎たらしく笑って、再び箸を持つ。

そしてしたり顔で言った。

「レギュレーションの確認は、ゲームの基本ですけど」

「薫と違って、僕はゲームとか、あんまり……」

僕が言うと、薫は箸を持ったまま、目をまんまるにして、こちらを見た。

なんだろう、と見つめ返すと、彼女は突然、噴き出した。

「あはは！」

「な、なに……」

「いーや、なんでもない、ふふ……」

薫はなぜか上機嫌で、カップ麺のスープを箸でかき混ぜてから、麺をつまんだ。

「ユヅって、そういうとこ、めっちゃずるいと思う」

「だから、何が！」

「もういいって、ばーか」

薫は楽しそうに笑って、再びカップ麺を啜りだす。

「なんだよ、もう……」

僕は今の会話で、ただただ恥ずかしい思いをさせられただけだった。

ため息をついて、横目に薫を見たけれど、彼女は話は済んだとばかりに、またラーメンを食べるのに集中し始めている。

僕も、また読書に戻ろうと文庫本を手に取ると。

「あ」

ちょうど、最終下校時刻を知らせる鐘が鳴った。

「もうそんな時間か……」

今日は夢中になって本を読んでいる時間が長かったのもあるけれど、薫と話していると、時間が経つのがとても早く感じられた。

あの日の宣言通り、薫は、学校がある日はいつも放課後に部室に来るようになった。

相変わらずソファに座ってスマホをいじったり、漫画を読んだりしているだけなのだけれど、それでも、彼女が毎日顔を出してくれるのは、とても嬉しい。

「鍵かけるよ。早く食べて」

「ん。もう終わる」

ちょうど、薫はカップを傾けて、スープを飲んでいる最中だった。

いつも、「全部飲んだら身体に悪いだろうに」と思っているけれど、こうして部室で隠れて食べている都合上、残ったスープを捨てる場所もなかった。

スープをごくりと飲み干して、薫はコンビニのレジ袋にカップのゴミを入れて、その口をキュッときつく縛った。

「オッケー」

薫はソファから立ち上がり、頷く。

僕も同じく首を縦《たて》に振って、窓の施錠をして、部室を出た。

部室のドアに鍵をかけていると。

「…………帰りたくねー」

と、薫が小さく呟くのが聞こえた。

それが僕に向けた言葉なのか分からなかったし、僕がどうこうできることじゃないのは分かり切っていたので、あえて聞こえないふりをした。

「鍵、返してくる。一緒に帰る？」

僕が訊《き》くと、薫は一瞬、考えるように視線を動かしたけれど、すぐに首を横に振った。

「……いや、今日は。一人で帰る」

「そう？　日が伸びてきたからまだ明るいけど、気をつけて」

僕が言うと、薫は少し寂《さび》しそうに微笑んで、頷いた。

「結弦……また明日」

薫がそう言うのを聞いて、僕は目を丸くした。

薫はいつも何も言わないか、「じゃあね」というような、気の抜けた挨拶《あいさつ》をして帰っていく。

なんだか彼女にしては丁寧《ていねい》な挨拶をされて、僕はきょとんとしてしまう。

けれど、よくよく考えれば、ちょっと気が変わっただけなのかもしれないし、大げさに驚くのも悪いかと思い直す。

「うん、また明日」

僕がそう返すと、薫は頷いて、昇降口の方へ歩いていった。

僕も職員室へ向かおうと、階段の方向へ歩き出す。

「ユヅ！」

突然呼び止められ、僕は驚いて振り返る。

薫が、廊下の真ん中で立ち止まり、こっちを見ていた。

「なに？」

「もっかい、呼んで！」

薫が、そう言った。

「え？」

「名前、呼んで！」

「あ、ああ……」

どうしてそんなことを。

と、思ったけれど。

うだうだ言われるのを好まない彼女に口を挟むとまた長くなるので、僕は素直に彼女の名を呼び、手を振った。

「薫、また明日」

薫は、一瞬、なんとも言えない表情を浮かべてから。

「うん、明日」

と、微笑んで、僕に手を振った。

そして、今度こそ、昇降口の方へ、のんびりと歩いていった。

「……なんだ？」

なんだか様子のおかしかった薫の背中を数秒見つめてから、僕は、気を取り直し、職員室へと向かった。

いつも通りに鍵を返し、昇降口で、靴を履《は》き替える。

もうすぐ19時になるというのに、夏を迎えようとしているこの時季の夕方はまだまだ、明るい。

ちょうど僕が最寄《もよ》り駅に着くころに、一気に暗くなり始めるのだろう。

深く、息を吸い込む。

湿った、土と、草の香りがした。

グラウンドからは、撤収を始める運動部の声。

大好きな時間帯だ。

校門の方に視線をやるが、薫の姿は見えない。

彼女は、身体がちまっこいのに、案外、歩くのが速い。とっくに校門を出て、帰路についたのだろう。

「……僕も、帰ろう」

小さく呟いて、歩き出す。

部室で、薫に話したことを、思い出した。

僕の、日常の話。

授業を受けて、終わったら部室に来て、本を読んで。ソファには薫が座っていて、下校の鐘が鳴ると部室を出て、運動部の声に包まれて、今日が終わるのを感じながら……家に帰る。

ありふれていて、単調で、心地よい、生活のリズム。

春になると風がくすぐったくて、夏になると全身がじとりと湿った空気に包まれる。秋には少しよそよそしい風を感じて、冬は、自分の吐息《といき》の熱さを知る。

そのすべてを、僕はずっと当たり前のように思っていたけれど。

それを感じようとしなければ、耳をそばだてなければ、リズムは聞こえてこない。

そんな、日常の端々で些細《ささい》に息づくリズムをいつしか僕が好きになったのは、きっと……。


「ゆーづーるっ！」


ばしっ！　と背中を叩かれた。

僕はびくりと身体を跳ねさせて、振り向く。

そこで満面に笑みを浮かべて立っていたのは、藍衣だった。

「藍衣」

「帰るとこ？」

「もちろん……最終下校時刻だもん」

「だよね。一緒に帰ろ！」

藍衣は当たり前のように隣を歩き始めた。

ちょうど、頭に思い描いていた人物が現れて、僕は一人、苦笑した。

こういうふうに、タイミングがいいところも、僕が彼女に心を掴まれてしまう理由の一つなのかもしれない。

僕は、生活の中の輝きを、水野藍衣という少女を通して、ようやく見つめることができるようになった。

小さいころから文学の世界に没頭していた僕は、文字の上に現れる美しい情景や物語を想像することこそすれ、現実の中にその輝きを見ようとしていなかった。

でも、彼女は、目を輝かせながら世界を受け止めて、僕に、その一つひとつを伝えてくれた。

僕はそれに相槌《あいづち》を打ちながら、少しずつ、自分の世界も拓《ひら》いていった。

「結弦、部活楽しかった？」

藍衣が、僕の顔を覗《のぞ》き込むように身体を傾けながら訊いた。

僕は苦笑しながら、頷く。

「うん。って言っても、本読んでただけだけど」

「でも、薫ちゃんもいたんでしょ」

「スマホいじって、ラーメン食べてた」

「あはは、いつも通りだ」

思っていた通り、藍衣は薫と打ち解けた。

ときどき気まぐれに部室に乗り込んできては、薫ととりとめもない談笑をしている。

最初こそ薫は鬱陶《うっとう》しそうなポーズをとっていたけれど、案外満更《まんざら》でもなかったようで、最近はすっかり仲がよさそうに見える。

藍衣は、小鳥のように首を傾げながら、僕のスクールバッグを見て言った。

「今日は何読んでたの？」

彼女の目はスクールバッグに向けられていたが、多分、その中に入っているであろう文庫本に視線を注いでいるのだと思う。

僕はバッグから文庫本を取り出して、よれよれの紙カバーをはずして表紙を藍衣に見せた。

「『いかにして宇宙は生まれたか』って本」

「また難しそうな本を」

「ちょっと、興味出てきてさ」

僕が言うと、藍衣は目を丸くして、今度は反対側に首を傾げる。

「なんで？　どうして宇宙に興味出てきたの？」

訊かれて、僕は思わず笑ってしまう。まるで子供のようだと思った。

親のすること為すことすべてに「なんで？」と訊いて、少しずつ知能を育てていく、そんな様子。

「別に、面白い話じゃないよ」

僕はそう答えた。

宇宙に興味が出てきたのは、薫とのやりとりが理由だった。

彼女は、たびたび、その会話の中に『宇宙』という言葉を使う。

それを大げさに感じるときもあれば、妙にその喩《たと》えがストンと落ちることもあって、僕は不思議な気持ちになったのだ。

宇宙。

口にすると途方もなくて、その大きさも正確には分からない。

だからこそ、薫の言う『宇宙』という言葉の大きさも、その時々で変化して、毎回違う印象を僕に与えてきた。

そういうわけで、なんとなく、僕は宇宙というものについて知りたくなったのだった。

僕がそんなことを頭の中で考えていると、藍衣はぷー、と頬を膨《ふく》れさせた。

「面白いかどうかは私が決めるよ！」

藍衣はそう言って、腰に手を当てる。

「それに、面白い話じゃなくても、結弦《ゆづる》の話ならなんでも聞きたいもん」

そう言う藍衣の顔を見て、僕はまた、胸中で反省した。

そうだった。

これも、僕と藍衣が、ゆっくりと育んでいく、生活のリズムの一つなんだ。

僕がくだらないと思うことも、彼女にとっては、そうではないかもしれない。

もし、本当にくだらないものだったとしても、「あれはくだらなかったね」と笑い合える日が来れば、それでいい。

心を言葉に出して、相手に届けて……その繰り返しの中で、二人の『関係』を、作っていく。

「そうだね。ごめん」

僕は一言謝って、校門のずっと先に視線をやる。

薫のことを思い浮かべたのだ。

「薫がね、よく、会話の中で、『宇宙』って言うんだよ」

「あ！　確かに、私も何回か聞いたことあるかも」

「そうでしょ。それでね……」

僕は、藍衣に、ゆっくりと宇宙に興味を持った経緯《いきさつ》を語りだす。

違う輝きを持った宇宙が、ひとたび交わったなら、同じ輝きにならなければいけないのか。

薫は、あの日、部室で、そう言った。

僕に輝きがあるのだとすれば、きっとそれは僕の今までに生きてきた道や、僕が興味を持ったことからできていて。

そして、藍衣の持つ輝きも、同じだ。

そういうものを、少しずつ、共有して。

少しずつ、理解して。

そうして、いつしか、同じ宇宙を共有できるようになったらいい、と、思った。


藍衣は、僕の〝後悔〟だった。

でも、その凍りついた〝後悔〟を、ひたむきな熱で溶かしてくれたのも、藍衣だった。

藍衣の素直な叫びに、僕の心の叫びもようやく引き出されたのだ。

だから、今度は。今度こそは。

二人で叫びださなくてもいい、そんな、穏やかなコミュニケーションを少しずつ積み重ねて。

平凡で、独特なリズムの中で、その心地よさに笑い合うような、そんな関係を想像して。

僕と藍衣の間の〝後悔〟は、夕暮れの中で、少しずつ、〝未来〟になっていった。

こつ、こつ、と、二人のローファーの踵《かかと》が地面を打つ音が聞こえている。

僕の言葉に相槌を打つ藍衣の、毬《まり》のように弾《はず》む声が、そこに重なる。

その心地よいリズムが、心に、刻まれてゆく。

それは、泣きだしたいほどに、幸せで、ありふれた、リズムだった。

あとがき

はじめまして。しめさばと申します。

細々とネットで物書きをしていたものです。ダッシュエックス文庫では2作目となりました。良いご縁をいただけてありがたいことだなぁと思っております。

突然ですが、チャーハンの話をします。

チャーハン、美味《おい》しいですよね。しかも作るのが簡単。大好きです。

具も少なくて良いし、最悪白米と油と卵だけ用意してフライパンで炒《いた》めれば「チャーハン」と言い張れなくもないので、学生の頃は本当にそれだけの食材で作ったりしていました。

さて、ここからが本題なのですが、私は今まで「自分はチャーハンを作るのが上手《うま》い側の人間だ」と思い込んでいました。いや、実際に、下手《へた》ではないのだと思います。

フライパンでもパラパラのチャーハンを作ることができ、実家でもときどき母親から「チャーハンを作ってくれ」と言われるくらいには美味しく作れていた自信があります（ちなみに母親はめちゃくちゃ料理が上手いです）。

ただ、一人暮らしを始め、家の近所の中華屋さんで「にんにくチャーハン」を食べてから、その自信は完全に打ち砕かれました。

お米はふわっとしていて、だというのに口に入れるとほろっと崩れます。そしてにんにくはごろごろとしたもの（一粒を半分くらいに切ったヤツ）が入っているのに、良い感じに蒸かされていて、香りはしっかりあるのに臭《くさ》くない。本当に、びっくりするくらい美味しかったです。

私はチャーハンを「パラパラに作る」ということばかりに執心して、工夫すればお米のふっくら感とホロホロ感を両立させることができるのを知りもしなかったわけです。

まさに井の中の蛙《かわず》大海を知らず……。

それ以来、チャーハンを作るたびに、その中華飯店のチャーハンに近づけるための工夫を続け、完全再現とまではいかないまでも徐々に近いものは作れるようになってきた気がします。

今回はチャーハンの話でしたが、割と自分が「自信がある」と思っていることでも、その自信を打ち砕かれるようなものに出会うとさらにステップアップできる機会を得られて楽しいですね。

これからも理想のチャーハンを研究していこうと思います。

さて、ここからは謝辞となります。

まずは、代表作が一つしかなかった私に声をかけてくださり、本の出版まで面倒を見てくださった梶原《かじわら》編集、ありがとうございました。普段から一緒にシーシャ屋に付き合ってくれるのも、精神的にかなり助かっております。

次に、大変お忙しい中、素敵なイラストでキャラクターたちに命を吹き込んでくださったイラストレーターのしぐれういさん、本当にありがとうございました。イラストの一つ一つが届くたび、編集さんと長文感想をやりとりしておりました……。「藍衣《あい》」というヒロインはしぐれさんのイラストを以《もっ》て「完璧」に仕上がったと感じております。

そして、きっと私よりも真剣に本文を読んでくださったであろう校正さんと、その他この本の出版にかかわってくださったすべての方々に、心よりお礼を申し上げます。ありがとうございました。

最後に、この本を手に取ってくださった皆様、ありがとうございます。私は闇の小説を書いてばかりなので、今回のような光のラブコメも楽しんでいただけたら嬉しいなと思います。

また皆様と私の書いた物語が巡り合うことのできるようにと願いながら、あとがきを終わらせていただきます。

しめさば

この作品の感想をお寄せください。

あて先　〒101-8050　東京都千代田区一ツ橋2-5-10
集英社　ダッシュエックス文庫編集部　気付
しめさば先生　しぐれうい先生

ダッシュエックス文庫

自重しない元勇者の強くて楽しいニューゲーム
新木 伸
イラスト／卵の黄身

自重しない元勇者の強くて楽しいニューゲーム2
新木 伸
イラスト／卵の黄身

自重しない元勇者の強くて楽しいニューゲーム3
新木 伸
イラスト／卵の黄身

自重しない元勇者の強くて楽しいニューゲーム4
新木 伸
イラスト／卵の黄身

かつて自分が救った平和な世界に転生し、レベル1から再出発！ 賢者のメイド、奴隷少女、盗賊蜘蛛娘を従え自重しない冒険開始！

人生2周目を気ままに過ごす元勇者のオリオン。山賊を蹴散らし、旅先で出会った女の子を次々〝俺の女〟に…さらにはお姫様まで!?

突然現れた美女を俺の女に！ その正体は…。大賢者の里帰りに同行し、謎だらけの素性が明らかに!? 絶好調、元勇者の2周目旅!!

今度の舞台は海！ 美人海賊に巨大生物、人魚に嵐…危険がいっぱいの航海でも、出会った女は全部俺のものにしていく！ 第4弾。

自重しない元勇者の強くて楽しいニューゲーム5
新木 伸
イラスト／卵の黄身

自重しない元勇者の強くて楽しいニューゲーム6
新木 伸
イラスト／卵の黄身

剣神と魔帝の息子はダテじゃない
shiryu
イラスト／葉山えいし

剣神と魔帝の息子はダテじゃない2
shiryu
イラスト／葉山えいし

ついに「暗黒大陸」に辿り着いたオリオンたち。強さが別次元の魔物に仲間たちは苦戦を強いられ、おまけに元四天王まで復活して!?

トラブルの末に辿り着いた「巨人の国」で、女巨人戦士に興味と性欲が湧いたオリオン。強く美しい女戦士の長と会おうとするが!?

剣神と魔帝の息子は、圧倒的な剣の才能と驚異的な魔力の持ち主となった！　ギルドではSS級認定されて、超規格外の冒険の予感！

仲間になった美少女たちを鍛えまくって、目指すのは直接依頼のあった王国！　国王の退位問題をSS級の冒険力でたちまち解決へ!!

ダッシュエックス文庫

俺の家が魔力スポットだった件3
~住んでいるだけで世界最強~
あまうい白一
イラスト/鍋島テツヒロ

俺の家が魔力スポットだった件4
~住んでいるだけで世界最強~
あまうい白一
イラスト/鍋島テツヒロ

俺の家が魔力スポットだった件5
~住んでいるだけで世界最強~
あまうい白一
イラスト/鍋島テツヒロ

俺の家が魔力スポットだった件6
~住んでいるだけで世界最強~
あまうい白一
イラスト/鍋島テツヒロ

黒金の竜王アンネが隣人となり、異世界マイホーム生活は賑やかに。でも、戦闘ウサギに新たな竜王の登場で、まだまだ波乱は続く!?

今度は国を守護する四大精霊が逃げ出した!!強い魔力に引き寄せられるという精霊たちは、当然ながらダイチの前に現れるのだが…?

異世界マイホームライフ安心安定の第5巻!盛大なプロシアの祭りも終わったある日のこと。今度は謎の歌姫が騒動を巻き起こす…!?

リゾートへ旅行に出かけた一行。バカンスを楽しむはずが、とんでもないものを釣りあげてしまい!? 新たな竜王も登場し大騒ぎに!

ダッシュエックス文庫

君は僕の後悔《リグレット》

しめさば

2021年7月26日　第1刷発行

★定価はカバーに表示してあります

発行者　北畠輝幸
発行所　株式会社　集英社
〒101−8050　東京都千代田区一ツ橋2−5−10
03(3230)6229(編集)
03(3230)6393(販売／書店専用) 03(3230)6080(読者係)
印刷所　大日本印刷株式会社
編集協力　梶原　亨

ISBN978-4-08-631427-5 C0193